THE
YOUNG
WOLF

少年狼

2 哈敦狼群

安波舜 著

北京出版集团
北京十月文艺出版社

新经典文化股份有限公司
www.readinglife.com
出　品

目录

一　复仇的援军

当整个额仑草原都以为三个月大的小狼被金雕从空中掠走，成了鹰族饲料的时候，额仑森林里却迎来了一个新的居民：草原三杰之一的巴雅尔。塔塔尔把巴雅尔叼到森林边缘的灌木丛里，轻轻地放下，呼唤了几声。但是，巴雅尔本能地装死，放松整个身体，像个绵软的绒线球。虽说塔塔尔在湖水里曾经救过巴雅尔，但那是转瞬即逝的一瞬间，高度不过十几米。然而这次，金雕一飞冲天，跃上一千多米的高空，强大而迅猛的离心力让巴雅尔的心脏处于濒死的闭合状态。他眼睛紧闭，牙齿紧咬，大脑一片混沌……

等巴雅尔缓过神来的时候，第一眼看到的，就是红狐博士迎接他的怀抱。

红狐博士的眉眼间都是笑。“欢迎你啊，孩子，你自由了。”

巴雅尔和塔塔尔以及博士拥抱在一起，欢喜异常，三个朋友终于可以形影不离，天天在一起了。红狐博士建议打扫出一个房间，给巴雅尔住。但是，巴雅尔却说，他已经知道自己是一只狼。狼要独立，要自由，当然也会自己打洞，整理房间。草原三杰决定，红狐博士依然在自己的木屋城堡住，巴雅尔在千年冷杉树根的另一侧，掏一个洞做居室，兼做博士的警卫。塔塔尔呢，他们家族的巢穴本来就筑在几十米高的树冠上，这次为了和朋友住在一起，在木屋城堡的冷杉树冠上另筑了一个巢。金雕的巢很大，冷杉又高，筑巢是一项非常巨大的工程。塔塔尔才两岁，按说还没到自己筑巢分户的年纪。他能够独自挑战森林的寒夜和诡谲，金雕家族自然是喜出望外，非常感激草原三杰其他成员对儿子心智的锤炼。

从此，草原三杰过上了幸福安稳的日子。

红狐博士除了授课、接待咨询之外，一心一意地从事科研工作。巴雅尔和塔塔尔通力合作，捕获的猎物足够三杰无忧无虑地生活。

闲暇的时候，巴雅尔和塔塔尔把拯救大天鹅的故事，对森林里的小动物们讲了一遍又一遍。很快，草原三杰的英雄事迹就传遍了整个额仑草原。

有一天，巴雅尔给几只小狐狸吹牛，说他如何如何拯救大天鹅，被蒜头王一家发现，在刑场上英勇就义的一刹那，金雕塔塔尔是如何一个俯冲，把他从死神的怀抱里夺了回来。小狐狸们听得心驰神往，好像死亡是一场惊险的游戏，大叫过瘾。他们没有听够，缠着巴雅尔再讲讲被大蒜扔到天空的时候，有没有想到过什么，比如慷慨赴死的名言警句，或者眼前浮现出的悲壮画面。巴雅尔连说："没有没有，当时的我脑袋一片空白，头晕得厉害。"小狐狸们觉得没劲，眼睛里火一般燃烧的崇拜渐渐地熄灭，纷纷离开小板凳，捉蝴蝶去了。

巴雅尔觉得很不自在。就差那么一点，他就被小狐狸们的崇拜送上云端了。现在忽然掉下来，心里空荡荡的。他努力地回忆走向刑场的一幕幕情景，除了獒母的关爱和悲伤，好像没有什么刻骨铭心的事情发生。忽然，他想起来了：在被大蒜扔上天空之前，他似乎听到了獒妹的惊叫，看见了因为獒妹的晕倒引起的一阵骚动。毫无疑问，獒妹是喜欢他的，獒妹的大眼睛里一直对他充满了善良和友爱。一定是因为他，在他告别这个世界的一刹那，獒妹才悲痛欲绝，捂着胸口倒下了……想到这里，巴雅尔忽然觉得世界变得广大，混沌的心底照进了一束光，照亮了许多先前无法言说的模模糊糊的秘密。于是，獒妹在他的心里生了根。不管是白天还是黑夜，奏妹都在巴雅尔的眼前晃来晃去。他情不自禁地跑到水边，照着自己的影子，梳理皮毛。

季节进入七月的时候，四个月大的巴雅尔，已经成为一个英俊少年了。

红狐博士发现巴雅尔上课的时候，常常心不在焉，面对提问，眼神闪烁不定，不敢直视老师的眼睛。小的时候，巴雅尔虽说坐不住板凳，前仰后晃，但回答问题的时候，不会就是不会，没有掩饰和不好意思。现在的巴雅尔，如果回答不上来，就东拉西扯，偷换概念。问他什么是黄瓜，他回答是蔬菜；问他天为什么下雨，他说草原需要水。直到有一天，到了上课的时间，红狐博士发现巴雅尔居然没有到。

红狐博士让塔塔尔到巴雅尔的狼洞里去找找。

塔塔尔说："找了，没有。"

"那就飞上天，到草原上找！"

塔塔尔飞到草原上，看到躺在花丛里的巴雅尔。

巴雅尔居然在写诗。诗的名字叫《带上你那双美丽的大眼睛，跟我穿过大半个草原》。

可是，形容葵妹那双美丽的大眼睛的时候，巴雅尔的想象力被卡住了：说它像月亮太大，不是美丽而是吓人；说它像星星又太小，小得让人产生疑问。想着想着，就忘

记了上课的时间。塔塔尔找到巴雅尔的时候，巴雅尔没有丝毫的不安和忐忑，居然非常轻快地又蹦又跳，甩着脑袋陶醉在哼哼呀呀的吟唱之中，丝毫不觉得自己的朗诵是多么可笑和肤浅。

红狐博士气得咻咻直喘，欲哭无泪。“你怎么可以为了一双美丽的眼睛就走遍整个草原？我们说好的理想和追求呢？”然而，看见巴雅尔丝毫不觉得做错了什么，甚至摆出一副“我长大了，我什么都懂”的架势，要和自己辩论的样子，红狐博士目瞪口呆。

红狐博士第一次遇到一个比研究“火”更难的难题：巴雅尔由于营养充足和智力开发，比同龄的犬科动物提前进入了叛逆期。

七月是草原的盛夏时节。大团大团的白云，横卧在草原的地平线上。草原上忽而阳光灿烂，忽而暴雨如注。游弋在草原上的大片羊群，像降落在地上的白云，缓缓地移动。羊儿已是只只膘肥体壮，却还在不停地吃草，打算趁水草丰美的季节为自己储存脂肪和能量。草原上的马和牛也快速地增肥增膘，因为它们本能地感觉到，额仑草原上的好日子很快就到头了。

额仑草原的牧民们开始准备一年一度的那达慕节。家家户户宰杀牛羊，准备酒席。不少家庭的孩子们已经忍耐不住，开始穿着节日的盛装到处炫耀。

蒜头王家土房子上的烟囱也冒出了白烟。袅袅上升的烟，飘到额仑山脉各处狼群的营地。狼群从这些烟的味道里，很快闻出蒜头王家宰杀了不少牛羊，是节日盛宴的规模。

果然，到了晚上，额仑草原的一处开阔地点生起了篝火，无数人围成一个大圈。主持那达慕大会的是一位萨满老巫师。老巫师摇动手鼓，喝了泡过百里香的马奶子酒，晃动着脑袋，很快进入迷狂状态。然后，他敬天敬地，感谢大自然赐予人类的一切，并宣布晚会开始。一时间，围坐在圈外的牧民老人和妇女儿童唱着歌，拉起马头琴。他们边吃边唱边跳舞，尽情地享受着生活的快乐。圈内的青壮汉子们围着狼皮，披着天鹅羽毛的披肩，戴着狼头帽子，趔趔趄趄地跳着鹰舞，互相捉对摔跤。胜利者高举酒杯，敬天敬地；失败者献上哈达，然后也一饮而尽。农民打扮的蒜头王则光着膀子，敞开肚皮只知道喝酒吃肉，最是粗鲁，偶尔伸出粗黑的手指猜掌划拳，说着低俗油腻的笑话。大蒜二蒜也端着酒碗，趁着酒劲，向小伙伴们大声地吹嘘他们哥俩是怎么怎么勇敢，将一个小狼崽子扔到天上，让金雕叼走，一命呜呼。

整个额仑草原的上空，都飘荡着歌声和酒香。

额仑山脉的狼群，尤其是哈敦家族愤怒了！

草原上的酒香和歌声，全然不顾狼群的感受，尤其是在发生蒜头王一家处死哈敦家族子嗣小八的事件之后。诛杀子嗣，断子绝孙，对狼群来说是最大的仇恨，不共戴天。从那天开始，哈敦家族就一直在寻找复仇的机会。当然，复仇的原则依然是攻击首恶蒜头王。但是夏季的草原上，食草动物尤其是啮齿类动物十分丰富，三四只鼠兔就能顶一只小羊，额仑草原的狼群一般都不集中打猎，单个出击就能吃个膘肥体壮。所以，复仇的事情只能靠哈敦家族自己的力量来完成。而哈敦家族的狼一共三十几匹，除掉老弱病残和七个小狼崽，能够战斗的中坚力量不过十几匹而已。偷袭和骚扰蒜头王家的羊群和马群没有问题。但是，如果想给蒜头王致命的一击，在消化蒜头王家牲畜的同时还要消化仇恨和愤怒，哈敦家族的狼群力量显然不够。于是，在老狼王哈敦一世的劝解下，白脖狼王和母狼托娅一直在等，等一个绝佳的战机。

现在，母狼托娅站在一块巨石上，悲伤地俯瞰着额仑草原的那达慕篝火晚会。那歌声，那酒味，蹂躏着托娅滴血的伤口，她眼前不断晃动着小八被抛向天空时那绒球一样倏忽间消失的身影。

白脖狼王依偎在妻子的身边，不断地吻舔着妻子的眼泪，同时用眼角的余光瞥向父亲老狼王。

独眼老狼王哈敦一世犬坐在一块岩石上，看上去像在闭目养神。他将瘦骨嶙峋的前肢伸出来，不断地揉搓着空气，并用鼻子嗅着，似乎空气里有他想要的什么珍贵的东西。当整个狼群忿忿不平，被草原的篝火和歌声惊扰得惶惶不安的时候，只有老狼王在静静地等待。

老狼王的妻子乌玛陪伴在老伴的身边，给丈夫摘掉夏季褪下的毛。

夜更深了。空气更加闷热。

天上的星星被浓重的雨云遮蔽，没有一丝风。

老狼王哈敦一世轻轻地翕动嘴唇，生怕惊动了什么。白脖狼王哈敦二世凑到父亲的身旁，老狼王几乎用腹音说："我感觉到了空气中的水汽，像骆驼的绒毛飘浮在空中，无处不在。闷热的雨云，会把旱獭和草原鼠逼出地洞，也带出几年甚至几十年前冬眠的蚊虫虫卵。那些虫卵只要碰到水和草，就能复活，就是我们复仇的援军。儿子，机会到了，准备吧……记住，只许向蒜头王一家复仇，不要伤及无辜。"

母亲乌玛也吻别白脖狼王，轻轻地叮嘱道："儿子，不要硬拼。狼谚说，狡兔有三窟，智慧的狼，有四条逃跑的路……"

白脖狼王安慰着乌玛："不怕，老妈。冬天我们是为生存而战，现在是为尊严和爱而战。必须让蒜头王一家明白，草原是大家的，狼也有生存的权利！"

出征前，哈敦家族的狼群举行了臣服仪式，担任主攻任务的骨干狼像往常一样，一一向前，让狼王的前腿在自己的头颅上摁了一下。然后，白脖狼王悄无声息地带着狼群下山，来到山坡一处易于出击的位置。从那一刻开始，哈敦家族的骨干狼群似乎成了失魂的死士，只要狼王一声令下，他们就会毫无顾忌、不计生死地冲锋陷阵。

深夜时分。

草原上的篝火，被最后离去的牧民们浇灭。

喝得酩酊大醉的男人女人们东倒西歪，互相搀扶着爬上了马，爬上了勒勒车。

人类一走，流浪狗们一拥而上，纷纷抢食晚会上留下的各种肉食骨头和面食残渣。只有老獒王脱脱和獒母没有抢食，甚至对老流浪狗贡献上来的油炸果子也没有动心。自从巴雅尔走了以后，他们就再也没有吃过垃圾食物。他们觉得应该像儿子巴雅尔一样，捕猎啮齿动物，既能保护草原又能吃到鲜活的美味。一个孩子都能够做到独立和自由，不吃嗟来之食，做家长的做不到，岂不是打脸？但是，在长期的驯化豢养中，獒犬已经失去狩猎的嘴巴和敏捷的身形，这让他们的狩猎变得非常艰难，常常饥一顿饱一顿。

蒜头王一家喝得酩酊大醉，一家人回到土房子倒头便睡，鼾声如雷。

但是，今夜注定无眠。

在蒜头王家的羊圈里，肆虐的蚊虫攻击着羊群。因为羊有厚厚的毛皮，只要闭上眼睛，将鼻子掩藏在同伴的身子底下和毛皮里，就无忧无虑了。但是守卫羊圈的獒犬们就惨了。新獒王呼和与獒犬们，以及獒兄獒妹两个小孩子对蚊子毫无办法。他们只能以蹲守的姿势，挥舞着爪子，驱赶眼前的蚊子。但是，刚赶完眼睛上的蚊子，嘴巴就被咬；赶跑嘴上的蚊子，眼睛上又糊满了黑乎乎的一片。到了半夜时分，闷热依旧持续，獒犬们再也熬不住了，纷纷站起来，围着羊圈一圈一圈地跑动，甚至想跳到河里洗澡，摆脱蚊虫的叮咬和高温。因为犬科动物汗腺极不发达，体内的热量无法排解，只能吐着舌头，风箱一样地喘气。这样的折腾很快就让他们精疲力竭，感觉再动一动，体温和脑压就会飙升，头晕眼花。

最难熬的是蒜头王家的六匹马。

额仑草原最难熬的天灾，就是冬天的雪灾和夏天的蚊灾。对蒙古马来说，冬天的雪灾只要有吃的，不难度过。但蚊灾真是太痛苦了。现在，这六匹马因为天气太热，也因为草原上到处都有嫩绿的青草，被主人从马厩里牵出来，拴到营地旁边的草地上。好在拴马的绳子很长，绳子的一头被一根拴马桩钉在地上。通常牧民拴马都要在马腿上绕一个绊马扣，让它们不能跑动。但是，农民出身的蒜头王怕马饿着，吃不到周边的草，又怕马被蚊虫咬着掉了膘，所以就没有拴绊马扣，而是放长了缰绳。这样，马被蚊虫攻击的时候可以跑动，用尾巴驱赶蚊虫。尽管如此，比起獒犬来，马驱赶蚊虫的效果还是差多了。它们的鼻腔和眼睛几乎暴露在外，对蚊虫而言简直是不设防的蛋白仓库。于是，马儿们不断地跑着、嘶叫着，与獒犬一道，组成马嘶狗吠的小夜曲。这样的夏季小夜曲，不管是牧民还是动物都已经习惯了。没有人和动物会因为这样的嘶鸣吠叫不安，进而提高警惕。

哈敦家族狼群期待已久的援军，在夜里十二点之后，隐隐地涌现。

白脖狼王命令一只侦察狼趴在河边，眼睛一动不动地盯着水面。

额仑草原大大小小的河沟、水洼中，忽然有细密的水珠跳出水面。那些水珠离水面一尺多高的时候，一个更小的黑珠珠忽地抖落水珠的羁绊，长出翅膀。它们跳动的时间和节奏，几乎是踏着地球的脉动节拍。在同一瞬间，亿万个水珠都跳出水面，一个个黑色的蚊虫点儿，带着憋闷已久的冲动振翅高飞。然后，它们集结成团，在嘤嘤的鸣叫声中化为烟云。这一缕一缕的蚊子烟云，在黑暗中

汇集成忽上忽下、造型诡异的云团，发出嗡嗡的令人恐惧的声响。

刹那间，草原上的一切鸣叫，都被巨大的嗡嗡声盖住。

所有的牧民闭紧了蒙古包。

蒜头妈关紧了土房子的门。

额仑湖的水鸟将头埋进翅膀。

只有哈敦家族的狼群睁大了眼睛。

狼群看见乌云般的蚊子冲向额仑草原的所有马群、牛群和羊群。在所有的牲畜中，马群嘶鸣最为响亮。皮毛光滑的马儿迅速被蚊子覆盖，马儿拼命地用尾巴抽打，但是无济于事。于是，马儿烦躁地跑动转圈，互相摩擦。看守马群的马倌听到嗡嗡的声音，吓得早已钻进小小的帐篷。不一会儿，马倌的帐篷就被蚊子涂了黑黑的一层。只要他们敢出来，全身上下也会变得漆黑一片，几个小时后，马倌的血液就会被蚊子吸干，变成活死人。

蒜头王家的马群因为被拴着，只好原地跑动，被折磨得更惨。他们暴躁异常，恨不能马上干上一架，发泄火气。如果他们面前有一头狼，会毫不犹豫地踏过去。

但是，哈敦家族的狼群还是没有出击。

他们似乎还在等，等第二支援军。

遥远的北方夜空，不时划过闪电。有闷雷声隐隐地传来。

一会儿，有风徐徐地吹来，豆大的雨点噼里啪啦地砸向地面。

整个额仑草原都在等风来，等雨来。让风吹走闷热，让雨冲刷蚊虫。所有动物的忍耐都到了极限。但在哈敦家族的营地里，老狼王哈敦一世的一只独眼依然闭着，嘴里念念有词。也就在这个时候，额仑草原的第二个智者红狐博士从木屋城堡里出来，嗅出了草原的灾难和不安。当巴雅尔也想出来看个究竟的时候，红狐博士突然暴怒，指着巴雅尔的鼻子喝道，回去！

大约夜里两点钟的时候，额仑草原忽然电闪雷鸣，大雨倾盆。

蒜头王家的六匹马惊魂未定，刚想在暴雨中降温驱虫，却在闪电里蓦然发现十几只狼的身影和他们绿色的眼睛。马群大惊，但闪电旋即熄灭，大地一片漆黑混沌，滚地雷沿着山脉一路炸响。等另一道球状闪电挂在天幕的时候，马群看到被闪电放大的狼的影子，随雷声滚到了身边，甚至有一只如鬼魅一样跃到马背上。

马群惊了！

马群的主人蒜头王和獒犬们没有任何反应。雷电和暴雨掩盖了一切。

绝望中，蒜头王家的头马率先挣脱了拴马桩，拖着一根长长的缰绳，朝黑暗中的雨雾跑去。紧接着，其他五匹马都挣脱了羁绊，跟着头马朝黑暗中奔去。

哈敦家族的狼群在马群后面紧追不舍。

老狼王哈敦一世给儿子的建议是惩治首恶，只攻击蒜头王家的财产。但是，蒜头王家的头马在雷电中惊恐万状，本能地朝草原上其他人家的大马群冲去，寻找安全感。马群中的儿马和大公马，都是狼群的死敌，融进大马群，也就安全了。但是，蒜头王家的头马没有想到，被蚊虫攻击的马倌只顾自己的安全钻进了帐篷。而大马群先是被蚊子攻击，被折磨得死去活来，又在雷电中惊恐万状。一看见有惊马闯进马群，恐惧和不安立即传染，早就晕头转向的马群也炸窝了，跟着一起狂奔。一家的马群冲击着另一家的马群，不一会儿，额仑草原的大部分马都被卷入“羊群效应”。在雷电交加的暴雨中，不断叠加的恐惧蔓延着，传染着，攥紧了所有马的灵魂，驱使着几千匹额仑草原马奋不顾身地跳入河流、湖泊和水沟……

踩踏、溺水、被狼群咬伤感染，额仑草原的马群一夜之间损失了十之二三。

本来是哈敦家族和蒜头王家的局部战斗，最终演变成了一场战役，一场屠杀。

老狼王哈敦一世懵了，儿子白脖狼王也懵了！

哈敦家族的狼群闯了大祸！

二　拯救哈敦狼群

一大早上课的时候，红狐博士放下桦树皮讲义，沉重地宣布：“昨天晚上，那达慕篝火晚会后的风雨之夜，我们额仑草原遭遇了一场浩劫式的屠杀。哈敦家族的狼群发动了针对马群的战争。战争的后果极其严重，具体损失数字还在统计当中。但是，此次事件已经惊动了一个不吃草只喝饮料的四轮怪兽。四轮怪兽上坐着一位头领式人物，发出向所有狼群家族讨还血债的命令。形势十分严峻！”

巴雅尔和塔塔尔无动于衷。

塔塔尔玩着扔骨头骰子的游戏。他将羊骨骰子叼起来，扔到空中再接住，练习自己的准头和喙部力量，就像人类的小孩往自己的嘴里扔豆豆。

巴雅尔在酝酿他的新诗《如果我离开这个世界，谁与我悲痛欲绝地告别》。他的眼前飘过獒妹捂着胸口晕倒在地的样子。

红狐博士敲着桌子，呵斥道："听见了没有？你们两个！我说形势很严峻！"

巴雅尔、塔塔尔两个学生的眼神交流了一下，似乎在说：是吗？严重吗？他们散乱的眼神、轻浮的表情，明明白白地告诉了老师答案。红狐博士大怒，刚想发火，忽然想到草原三杰虽然是好朋友，但塔塔尔和巴雅尔毕竟还是两个没有发育成熟的孩子，是他的学生，应该给他们一点耐心。于是，红狐博士控制住自己的情绪，一字一句地问他们："对两脚兽的人类请来四轮怪兽围剿狼群，你们有什么想法？"

塔塔尔看了一眼巴雅尔。憨笨的塔塔尔通常都是等巴雅尔先回答，然后随声附和。巴雅尔也不客气，理所当然地以课代表的身份抢先开口。

巴雅尔耸耸肩膀，说："这是狼群罪有应得。现在是夏季，是草原最肥美的季节。狼群应该学会生活，用高效的捕捉方法猎取大型的啮齿动物，吃饱喝足之后，在闲暇时间充分地享受那达慕晚会上那种恣意放浪、直抒胸臆的歌舞艺术。尤其是和声。对，没错，是和声。我们犬科动物和鸟类的鹰科，最大的问题不是不会唱歌，而是只有单调的节奏和旋律，不懂和声。不懂和声就不能抵达灵魂深处。昨天晚上，我听到篝火晚会上，不管蒙古长调还是短调都有绝妙的和声衬托，把我们的灵魂送入天堂和母亲的怀抱……和声是两脚兽的人类心理成熟的表现，是感情饱满、层次分明的表达。”

巴雅尔捂着自己的胸口，眯着眼睛，陶醉在对音乐的抒情表达中。

红狐博士把讲义砸向巴雅尔。“打住！跑题了！我问的是，面对两脚兽的人类请来四轮怪兽围剿狼群，你有什么想法？”

巴雅尔从陶醉中醒来，反问老师：“想法？这是人类和狼群的爱恨情仇，是他们两个种群上演的草原戏码，为什么要我们来操心？如果非要问我有什么想法的话，那就是珍惜当下，珍惜生活。抓住当下最美好的夏日时光，让生命的每一秒都沉浸在快乐当中。”

红狐博士冷冷地笑着，哼了一声，问巴雅尔：“你是不是连学都不想上了？”

巴雅尔偷看了塔塔尔一眼，心里窃喜，但表面上还是有些不好意思。

“如果……当然，我说的是如果，如果老师您给我们放一个暑假，我会将我的诗歌谱上曲子，一首是《带上你那双美丽的大眼睛，跟我穿过大半个草原》，另一首是《如果我离开这个世界，谁与我悲痛欲绝地告别》。我保证，至少有一首会流传于世，唱遍整个额仑草原。当然……如果演出轰动，我一定会向观众扔一个大大的彩蛋，告诉大家，我从小没有父母，流浪在外，是红狐博士将我收养，教会我先做狼再作曲……”

红狐博士痛苦不堪地抓起一把树叶，快速地咀嚼着，然后狠狠地吐到地上。

巴雅尔慌忙补充道：“老师您一定要相信我，我不是传说中的那种……忘恩负义的……狼。”

红狐博士揪住巴雅尔的耳朵，把他和塔塔尔一起薅到额仑草原的高处。

巴雅尔边走边辩解：“选择什么样的生活，是自己的自由，即使是长辈和老师也不能粗暴干涉。这是您教给我们的自然法则。现在自由已经像草原上的格桑花一样唾手可得，开遍了原野，为什么要视而不见？”

红狐博士气得胡子直抖，他拍打着巴雅尔的脑袋和屁股，连连骂道：“你这个小破狼崽子，懂什么自由不自由？你所谓的自由，就是闲得发慌！是堕落和无聊的遮羞布，是逃避学习的挡箭牌！”

巴雅尔一边挣脱一边抗议：“为什么？您要我们学习尽可以说。打我们，骂我们，我们都毫无怨言。但不能给了我们自由，又随随便便收回去。如果每个大人都这样骗小孩子玩，那这个世界将充满谎言……”

红狐博士忽然怔住，无言以对。然后，他脚步沉重地登上了山坡。

山坡下的河流、沟岔、湖泊里，漂浮着马的尸体。静静的水面上，漂着一层层被马血染红，又被蚊虫和苍蝇覆盖的黑色污渍。

一些牧民和农户在河边祈祷、痛哭。

巴雅尔和塔塔尔吃惊地看着这一切。他们知道，在高温闷热的夏季额仑草原，这样的屠杀会污染整个草原，所有的动物和人类都会陷入困境。太蠢了。

巴雅尔摇着头，觉得不可思议。

塔塔尔紧急起飞，盘旋侦察。

红狐博士沉痛地对巴雅尔说："哈敦家族狼群发动的这场战争，不是为了生存，不是因为饥饿，而是为了报复。报复蒜头王一家对他们的儿子巴雅尔实施的酷刑……"

巴雅尔茫然不解。"为了我？他们不知道我还活着？"

红狐博士说："狼群与金雕是几万年的天敌。没有动物会相信你还活着，就像没有动物相信善良和爱会改变一切。所以，巴雅尔，我的孩子，你必须进入狼群，你必须承担改变未来的责任。不然，额仑草原就真的要大难临头了。"

红狐博士殷切的眼神，就像大考前妈妈含泪的亲吻，让少年狼巴雅尔感到一股无形的巨大压力。就在早上，他想的还是怎样修改诗歌，怎样谱曲，怎样在嫯妹的面前引颈高歌，让那双美丽的大眼睛在他眼前慢慢地涌出令人发傻的深情。而现在，一个上午不到，形势翻转，他要放弃自己渴望已久的梦想和追求，进入一个陌生的社区部落，与一群陌生的狼讲什么爱和善良，承担起改变狼群和草原未来的责任。天啊，额仑草原上有那么多伟大而聪明的动物，为什么偏偏是我，为什么偏偏让我放弃当下的自由和爱情，去实现红狐博士的宏伟蓝图？巴雅尔觉得自己有一万个理由推辞这份责任，但是，他开不了口。因为他爱红狐博士，是博士的爱徒，不能让博士对自己伤心失望。尽管巴雅尔还在夸夸其谈，但他的内心却感到一种从未有过的茫然和惶恐。

金雕塔塔尔紧急降落，通报一个突发军情：有一匹四轮怪兽，拉着很多带枪的两脚兽，带领着蒜头王一家和农牧民，正奔向哈敦家族的狼群营地，准备进行围剿。好在哈敦狼群早就有所准备，他们携老带幼正在转移。但是，两脚兽坐上四轮怪兽，速度太快了。一旦发现踪迹，牧民和獒犬们联合堵截，哈敦狼群将无路可逃。

说话间，哈敦家族的营地山脉上，传来砰砰的枪声。

红狐博士和巴雅尔急忙观察，发现企图翻越山脉逃往南部沙漠的狼群被堵了回来，正被四轮兽和獒犬驱赶到草原的中央——额仑湖边。如果哈敦家族的狼群到了湖边，他们要么跳进湖里淹死，要么被围猎的人马和獒犬打死、咬死。围猎队伍要的就是这样一种战斗效果，所以正在形成包围圈。

哈敦家族的狼群命悬一线！

巴雅尔的血液忽然沸腾起来，他仿佛被什么击中，四肢本能地跃动，围着红狐博士转圈。

红狐博士挥挥手，与巴雅尔告别："去吧，孩子，去救你的家人，最好是融入狼群，跟你的父王学习管理狼群的本领……去吧，实战是最好的学习。"

巴雅尔的狼性在危机时刻被唤醒，不等听完红狐博士的最后一句话，他已经跑得无影无踪了。

哈敦家族的狼群被围剿追击的队伍一点点逼到了额仑湖边。

白脖狼王带着十几条大狼在外围断后，抵抗着渐渐逼近的人和马，疯狂地与围剿队伍的前锋獒犬进行殊死的搏斗。俗话说，狗仗人势。獒犬们因为后面有人马支持，毫无顾忌地与狼群厮杀。但獒犬与狼群的缠斗也使远方的枪手有所顾忌，放下了手中的枪，怕伤着牧民的狗。蒜头王骑着马，手持套马杆和马棒，看见远的狼就套，遇到近的狼就打。大蒜和二蒜也骑着马，带着呼和等一队獒犬前后助战。哈敦家族狼群的压力一点也没有减轻。

走在逃亡队伍最前面的是母狼托娅，她带着七只狼崽和老狼王夫妇以及其他老弱病残。其中，那只失去前肢的狼也没有被丢下，由两只老狼叼着一根棍子照顾。三只狼并排走，步伐出奇地一致，像是在娘胎里就训练出的队列步伐。跑着跑着，托娅发现他们来到了茫茫的额仑湖边。托娅回头看看，自己的丈夫白脖狼王断后，与追击他们的人马激战正酣；左右两边的远方也传来人喊马叫，獒犬们的吠叫声每分每秒都在迫近。托娅急得无奈，将老狼王哈敦一世请到队伍的前面。老狼王夫妇气喘吁吁地来到湖边，眼见得水面茫茫一片。湖中心有茂密的芦苇荡，连接芦苇荡和陆地的是一片浮动的水草，一只狼踩上去，“扑通”一声掉进水里。即使到了芦苇荡，那里也是鸟儿的世界、鱼儿的猎场，根本就没有狼群的活路。老狼王的独眼露出绝望的眼神，他的表情告诉母狼托娅：哈敦家族的气数已尽。而这一切，都源自你的丈夫不听老人言，擅自攻击额仑草原的马群，而不是攻击蒜头王一家。

老狼王哈敦一世的绝望，马上传染了整个狼群的老弱病残。

老的老，小的小，他们背对着额仑湖水，面朝岸边吱吱地叫着，挤成一团。

死亡笼罩着哈敦家族狼群。有心理脆弱的狼跳下了水，试图用最笨拙的狗刨式泳姿，游到湖心的芦苇荡。刚游了几十米，就被大天鹅们发现，它们展开巨大的翅膀，毫不

留情地扑打着狼的脑袋，甚至骑在狼的背上，将狼摁在水里。水性本来就不好的狼，几下便被折磨得溺水身亡。

恰在此时，哈敦家族的狼群听到了一声细细的狼嚎。

一只白色的少年狼，在不远处的草筏上，向狼群打着招呼。

但是，哈敦狼群没有动。大家把目光投向母狼托娅和老狼王哈敦一世。

白色的少年狼没有犹豫，兀自踩着草筏走进了芦苇荡。显然，他是在示范。

托娅一愣，因为别的狼都会从水草上掉到水里，怎么这只狼居然可以站在上面？但瞬间托娅就明白了，这只狼是在招呼他们。他走的路，是能够逃生的通道。

母狼托娅一刻也没有犹豫，带着狼崽子们沿着少年狼的脚印走上草筏子，进入了浩瀚的芦苇荡。在芦苇荡里，千年的芦苇生生死死，用自己腐烂的肌体垫起浮岛一样的路。尽管走上去晃晃荡荡，起起伏伏，但是足够承担起一只狼的重量。只是苦了那只没有前腿的狼，他只能把两条断肢搭在一只老狼的背上，以狈一样的姿态走出危险地带。整个芦苇荡的密道曲曲弯弯，长约十几公里，擦过湖心的一角后便可拐上对岸。

惶恐不安的哈敦狼群一摆脱危机，上了岸，就立即登上山脉。直到走上了山脊，身后再也没有人喊马叫，狼群才敢停下脚步。也只有到了此刻，整个狼群才想起那只帮助过他们的白色少年狼。此刻，最想表达感谢的是母狼托娅。她朝整个队伍看去，发现那只少年狼不声不响地跟在狼群的最后面。她叫住了白脖狼王和哈敦一世，说：“我们应该感谢那只少年狼，是他救了我们。”于是，大家停下来，平息了一下喘息，打量着这只白色的少年狼。

说巴雅尔是少年狼，是因为他比托娅的孩子们大了半圈。既不像去年生的一岁半的狼，也不像今年生的四个月的狼。看身形像是七八个月的狼，看举止和眼神，则像一岁甚至是两岁的狼。四五个月大的狼，即使父系和母系都是白色的狼，他们也是土黄色的。只有到了初冬，大约七八个月的时候才可能变白。但是眼前的这只狼毛色纯白，身形细长，假以时日一定是一只纯色的大公狼。与托娅的孩子们相比，他遇事冷静，神情忧郁，眼睛里有一股孤傲和冷漠。而反观托娅的孩子们，毛发凌乱，神情狐疑而充满戾气。一个个站没有站样，坐没有坐样，像没有教养的七八岁熊孩子，不停地你争我夺，跳上蹦下，没有片刻的消停。即使这样，母狼托娅和白脖狼王还是纵容娇惯着他们，并没有喝止狼崽子们的无法无天，好像整个狼群都对这些熊孩子恭恭敬敬，任他们翻天覆地地折腾。

让巴雅尔尤为反感的是，狼群投来的第一道目光夹带的不是感恩，而是狐疑：你是谁？为什么救我们？

巴雅尔忽然眉头紧蹙，心头掠过深深的寒意，说不清是嫉妒还是怨怼。

在他这个年龄，他不知道该怎么表达或者掩饰这样的情绪，不知道这意味着什么。但是，这样的情绪就像发酵的蓝莓汁，一经流过，浓浓的酸意就烧灼着他的喉咙和鼻腔，让他忍不住想流泪。

巴雅尔只有沉默。他深深地抿着嘴唇，倔强地忍住泪水，一动不动。

母狼托娅首先发话："孩子，谢谢你救了我们。能告诉我们你是谁吗？"

巴雅尔依然沉默不语，躲开托娅的目光，心里酸酸地想：身为母亲，不是您教我信任和爱能战胜孤独吗？为什么只记得身边的七个孩子，忘记我是你的小八了？

白脖狼王见巴雅尔不说话，好生奇怪，又凶巴巴地问道："嘿，小子，干吗不说话？你是好样的。额仑草原已经很久很久没有发生过少年狼孤身救狼群的故事了……"

巴雅尔没有像其他狼那样，对狼王表示尊敬和臣服，至少躺下来露出肚皮，表示起码的友好。他知道这是狼群的等级制度和加入狼群铁定的规矩。但不知道为什么，巴雅尔听到狼王的话，内心却掀起了痛苦和委屈交织的风暴，只想找个地方大哭一场。他眼含泪水，用冰冷的眼神质问白脖狼王：额仑草原上，也很久很久没有发生过亲生父亲遗弃自己骨肉的故事了吧?

白脖狼王愤怒了！他低下头，摆出进攻的姿势，发出低吼。不用问，所有的狼群成员都知道狼王的意思：你到底是谁?

于是，整个狼群都把目光朝向巴雅尔，露出牙齿，发出低吼。

巴雅尔依旧神情忧郁，把眼睛转向远方，仿佛是对着远处的云，冷冷地、淡淡地说："我是你们的儿子，小八。"

哈敦狼群怔住了。怎么可能?

托娅说："我们亲眼看见小八被金雕掠走……"

狼王说："金雕是狼族的天敌……"

继而，狼群炸窝了。

首先是狼群中的骨干狼感受到了侮辱。哈敦家族在这次战役中损兵折将，就是为了给狼群的小八复仇，如果小八还活着，那玩笑就开大了。这次战役本来就因为滥杀无辜犯下了大错，如果小八活着，那错误就变成了罪恶。战争失去正义性，所有死去的骨干狼和受伤的老弱病残，就等于为了一场罪恶而付出巨大的生命代价。

七只狼崽子更加不服。他们大吵大嚷，吱吱乱叫："如果是小八，就要到兄弟姐妹的面前低头认亲，给每个哥哥姐姐吻脖颈、舔屁股！别看你长得潇洒俊朗，毛发油亮，按照等级你就是最小的。你不要太摆架子了，不要太傲慢了……”

老狼王哈敦一世和儿媳儿子交换了一下眼神。巴雅尔的体形和毛发，与他的哥哥姐姐相差太大了，气质上几乎就是两辈人，甚至是两个品种的子嗣。哈敦一世尤其喜欢巴雅尔冷漠的表情和超凡脱俗的气质。如果真的是他的孙子，无疑是哈敦家族狼群盼望已久的精英。

但是，但是……

众狼纷纷质疑，喧哗不已。

有狼说：这是个阴谋。这小子不懂狼群的礼仪和规矩，一点不尊重狼王的地位和阶级。显然不是狼群中的一分子，而是其他狼群的杂种，是异族的卧底。

有狼说：这是个圈套。这个小子想渗透我们哈敦家族的势力，阴谋篡权。

更有狼说：这只少年狼在我们危难之际忽然杀出，名为拯救，实为掌控。看他少言寡语的样子，应该是草原上盛传的“狼巫”。接下来他就会洗脑布道，把我们的灵魂收入他的囊中。

哈敦狼群中，唯一见过巴雅尔小时候模样的，是母狼托娅和公狼哈敦二世。他们两个围着巴雅尔转着，嗅着，试图找到几个月前小八的影子和味道。但是，那时的小八，也就是巴雅尔在流浪狗的营地里成长，臭烘烘的，乱糟糟的，还是一身的黄毛。现在的巴雅尔玉树临风，细长的腰身披着白色的华服，怎么看都难以想象是哈敦家族的孩子。

局面一度僵持起来，变得尴尬。

托娅露出殷切的眼神，希望巴雅尔说出更多的故事，证明自己是小八。

白脖狼王也希望巴雅尔能表现出对自己权威的尊重和敬畏，好收留他。

但是，巴雅尔什么也没有说。他望着这群疲惫不堪、伤痕累累、被仇恨和饥饿以及阴谋论烧坏了脑子的狼，神情冷漠而僵硬。他不习惯，甚至厌恶狼群的杂乱无章和邋遢暴力，这与他所受的彬彬有礼的教育和所处的井井有条的生活环境太过悬殊。无论如何，他不属于这里，他的内心也没有一丝内疚。他觉得自己的沉默已经给了狼群，尤其是遗弃自己的父母足够的时间来回忆和忏悔。但是，他们没有忏悔，甚至还怀疑他对哈敦家族的爱，污蔑他高贵的灵魂和动机。还有那些吱吱哇哇的狼崽们，说他们是自己的兄弟姐妹，实在是玷污自己的出身和血统。看来在额仑草原上，真正关心他的生死，悲痛欲绝与他告别的只有獒妹。给他生命的是獒母，给他知识的则是红狐博士。他最后看了一眼母亲托娅和父亲白脖狼王，走到老狼王哈敦一世的面前，嗅了一下气味，想对爷爷哈敦一世说：您是智慧的化身，是我的神……但是，对不起，我要与你们告别了。

母狼托娅和头狼哈敦二世，还有老狼王哈敦一世，都希望巴雅尔即使不是自己的子嗣小八，也起码要拿出一点臣服的样子，以外族狼的身份加入狼群。但是，巴雅尔依然沉默不语，紧抿着嘴唇，头也不回地决然地走了。

狼群在愕然中目送着巴雅尔。尾随他的，是一连串的问号。

巴雅尔感受到了身后的目光，但在心里，却有一个声音含着被遗弃的委屈，恨恨地告诉狼群和他的父母：后悔吧。早知如此，何必当初。你们失去的，将是额仑草原最优秀的儿子。

三　耻辱埋葬的爱

告别了哈敦家族的狼群，巴雅尔忽然觉得无比轻松。尤其是回忆起狼群说他是骗子、异族的卧底和来历不明的邪恶势力的时候，他的心里卸下了一个沉重的负担。如果回到森林，见到红狐博士，他可以无愧地对老师说，不是他放弃自己的责任和担当，而是狼群拒绝他的加入，并且咒骂他、侮辱他。既然如此，道不同不相为谋。他回来了，草原三杰照样过自己高雅而有情趣的生活。

白天还是血雨腥风的额仑草原，随着狼群的逃窜，在傍晚迎来了和平的宁静。

昨夜的狂风暴雨，将草原的暑热一扫而光。大朵的云被夕阳染红，又反射到草原上，与暮色相融，出现少有的云蒸霞蔚的壮观景象。站在山脊上的巴雅尔俯瞰着草原，目光不自觉地移向獒妹的营地——蒜头王家的方向。大蒜和二蒜将羊群赶进羊圈里，关上加固了的木门，獒犬们在新獒王呼和的带领下各自站定。只有獒妹和獒兄两个小獒崽子，忙前忙后地跟随着主人的脚步，不时地撒娇。大蒜和二蒜也时不时低下身子抚摸他们，给他们一个亲吻的奖励。蒜头王家昨天夜里损失了两匹马，还有三匹马被主人牵进了马厩。獒妹和獒兄就守在马厩的外面，形影不离地前后溜达。

巴雅尔不由自主地跑向蒜头王家的营地。为了不引起流浪狗的警觉，他甚至学着狗叫，骗过几道岗哨，才进入营地附近的草场。

近距离地观察獒妹，让巴雅尔有一种从未有过的激动。獒妹长大了，小时候球一样浑圆的身子变得修长，眼睛也变得灵动而安静。巴雅尔的耳边，有一个声音在急切地说："回家吧，去找老师，这里很危险。"但巴雅尔的四肢却难以挪动，眼睛一眨不眨地看着獒妹，心里温暖地涌动着自己曾经写下的诗句。

他在心里说，给我一夜，哪怕是一刻，我要向獒妹，向她悲痛欲绝地告别，表达我的敬意。我不是一只忘恩负义的狼，也不是一只冷酷无情的狼。

危险的告诫被激情冲淡。狼的防卫本能被诗人和歌手的荷尔蒙所遮蔽。

巴雅尔开始像伏击猎物那样，将身体压低，四肢着地，悄悄地一寸一寸地接近蒜头王家的营地，接近獒妹。当爬行到距离獒妹的马厩还有五十米左右的时候，巴雅尔再也不敢爬了。他的气味被晚风吹到营地里，獒犬们忽然开始狂吠。

蒜头王一家提着马灯，从土房子里出来大呼小叫地巡视。

巴雅尔急忙一个翻滚，滚到一处有马粪的草地，使劲让马粪沾满全身，然后隐蔽起来，钻到一处枯草窝窝里，静静地蜷伏。但由于这么一折腾，獒犬们似乎警觉了，他们死死地盯着黑夜中的草原，一有风吹草动，就狂吠不止。如果巴雅尔被发现了，五只獒犬会一拥而上，让他当场毙命。好在巴雅尔的身上散发着马粪味，虽然近在咫尺，只要蜷伏不动，就不会有危险。

难堪的是，因为獒犬的警觉和闹腾，到了半夜，獒妹和獒兄居然与值班的獒犬们一起到羊圈的大门守夜了。

巴雅尔前进不得后退不得，在马粪和枯草堆里蜷伏了整整一夜。他又冷又饿，很久很久没有这样狼狈不堪了。但是，他的心没有任何动摇，甚至还有些许神秘和刺激的感觉。他的眼睛依然一动不动地盯着獒妹。一旦发现獒妹有什么动作，他的心跳立即加速，血液瞬间充氧，流遍全身。可惜啊，獒妹和獒兄在新獒王的身边，睡得极其安逸慵懒，打了几个哈欠就又睡过去。直到黎明的前夕，草原上因为降温起雾了。值了一夜班的獒犬们似乎也疲劳了，纷纷地打起了哈欠，一副昏昏入睡的样子。即使他们没有昏睡过去，雾气也在草原上拉起一层纱幔，一切都变得朦胧起来。

巴雅尔想，这个时候是他离开蒜头王家营地最好的时机。如果天色大亮，旭日升起，雾气消散，他几乎就是死路一条。但是，就在他要起身离开的时候，发现昏睡的獒妹忽然醒了，前腿趴地，后腿紧绷，伸了一个大大的懒腰，吐出粉红色的小舌头，在冰冷的鼻头上舔了一圈，然后颠儿颠儿地迈着碎步，朝营地里一处隐秘的树丛走去。

僵直冰冷的巴雅尔瞬间精神抖擞，借着晨雾的掩护，向獒妹跑去。

獒妹虽然年纪很小，但是作为雌性，还是在树丛里开辟了一个专有的隐秘卫生间。在这个隐秘的地方，只有獒妹才能够享受打扫胃肠的爽快时刻。就在獒妹眯着眼睛，抬起后腿，想无比放肆地痛快一回的时候，忽然发现雾气中闪出一个幽灵。

獒妹大吃一惊，急忙放下后腿。

“谁？”

“我。”

“是你？”

“对。”

“你……”

“听我说……”

“……”

“我等了你一夜。”

“……”

“求你不要走。”

“……”

“就一句话。”

“……”

“别走啊！”

“……”

“听我说完。”

“……”

“别走啊！”

“……”

“哎，我等你！”

“……”

“老地方！”

“……”

“不见不散！”

“……”

巴雅尔确定，当他说“老地方”和“不见不散”的时候，是确认过獒妹的眼神的。只是獒妹被巴雅尔的突然出现吓蒙了。再加上雾气要消散，天要大亮了，獒妹实在是怕新獒王发现巴雅尔和她的秘密，所以惊慌失措，眼神游移。那眼神让巴雅尔终生难忘：胆怯，羞涩，欲说还休，完全是一个不谙世事的少女被霸道的家长封闭压制，一旦遭遇情感的涌动就惶恐不安，本能地躲避男生的眼神。不过，当巴雅尔说“不见不散”的时候，獒妹是确定无疑地听到了。因为巴雅尔说出这句话时，獒妹像被摁了电钮，“嗖”的一声跑没了影。

巴雅尔到了河边的胡杨树下。这是他小时候和獒妹、獒兄经常碰面玩耍的地方。他隐藏在树下的草窝里，并且迅速地挖了一个藏身洞。在等待獒妹的分分秒秒中，巴雅尔的脑海反复播放着獒妹的眼神和动作，并设身处地地站在獒妹的立场说服自己：獒妹绝对不是冷漠和无情，她是胆怯和羞涩，是惶恐和不安。换作自己，也会这样做。找一个机会，换一个无人发现的地点，重温童年的好时光，有什么比这个节目更浪漫更美好的呢？

饿了一天一宿，巴雅尔又在胡杨树下的土洞里，开始了漫长的等待。

巴雅尔的目光一直紧紧地盯着蒜头王家的营地。獒犬们在早餐之后，就跟随着羊群到了不远处的草场。其他獒犬有警戒任务，不敢离羊群半步，獒妹和獒兄是未成年獒犬，相对自由些。然而，獒妹似乎只朝河边的胡杨树方向望了几眼，然后就颠儿颠儿地跟着成年獒犬围赶羊群，扭着小屁股跑来跑去。

到了中午，阳光炙热，大地昏昏欲睡。

巴雅尔想，獒妹等的大概就是这样一个人困马乏、警戒懈怠的时刻。但是，獒妹却漫不经心地躲到圈草的阴凉地里歇息起来。巴雅尔有些沮丧，但转而一想，让一个美丽的少女在这样炎热的中午出来相见，确实有些不解风情。她大概是在等额仑草原的晚霞。是的，一定是的。晚霞中的额仑草原美得无法形容，最契合他那首《带上你那双美丽的大眼睛，跟我穿过大半个草原》中的诗歌意境了。

晚霞终于铺满了额仑草原。

蒜头王家的羊群被赶进了羊圈。獒犬们开始享受晚餐。新獒王呼和的银盘子，已经在晚霞的映照下闪闪发光了。再等一会儿，等晚餐结束之后，獒犬们就各就各位，又开始看守羊圈的警卫工作。獒妹和獒兄也开始享受他们绿色塑料餐盘里的食物。晚餐之后，又是一个千古不变的草原之夜。

巴雅尔急了，不能再等了！

一定是少女的胆怯和懦弱，让獒妹不敢迈出第一步。

既然獒妹能在他离开这个世界的最后一刻，演绎出悲痛欲绝的告别，他——巴雅尔，一位高傲的额仑草原的白狼少年，为什么就不能背对着万丈悬崖，表明自己的心迹和爱慕呢？于是，巴雅尔从土洞里爬了出来，抖擞精神，披着额仑草原的霞光，朝近在咫尺的蒜头王家营地、獒妹进食晚餐的方向，柔肠百转地嚎叫起来……尽管巴雅尔早熟，但声线还处在童声期，因此他的狼嚎吟唱宛如花腔女高音，细而纯粹，直达獒妹的心底。任谁都能听出，这个不要命的少年，是在少女家的大门口疯狂地求爱。

蒜头王家的人和獒犬都惊了。一时间，大家都不太相信这是真的。

獒妹的第一反应是万分震惊地躲在家长——新獒王呼和的身后，偷觑着巴雅尔。当大家大笑不已的时候，獒妹甚至顾左右而言他，躲避着巴雅尔远远地投射过来的渴望眼神。

巴雅尔怔住了，忽然闭上了嘴。

他在绝望和失望的油锅里，被反复煎熬了几十个小时。饥饿和疲惫让心理进入一个敏感又偏执的脆弱区域。耳边嗡嗡作响的绝望告诉他，獒妹背叛了他，抛弃了他，抑或是那场惊心动魄、悲痛欲绝的告别，压根儿就是幻觉，现在应当趁着夜色即将降临赶紧逃跑。然而，当他要挪动身子离去的时候，心底却泛起一片冷冷的剑一般坚硬的白光，支撑着他的希望：獒妹只是害怕，獒妹只是太小。獒妹的心压抑得太久太久。我要证明树叶离开大树，只是风太烈、雨太猛，而不是树叶无情！如果我就这样逃走，会成为额仑草原的谈资和笑柄，成为无数熊妈妈和狼爸爸教育孩子时的反面例子。不，我现在就来证明，在我就要离开这个世界的最后时刻，獒妹曾经用悲痛欲绝与我告别。

我要证明给你们看！

这个时候的巴雅尔，就像站在悬崖边缘的失恋少年，面对着快速逼近的獒犬队伍和蒜头王一家的火把，脸色苍白，但主意已定。他想用小白马那样的纵身一跳，再次激发獒妹的悲痛，重现她捂着胸口晕厥的场面。

獒犬们围住巴雅尔。

新獒王呼和大叫着说，他就是獒母收养的小狼崽子！他曾经羞辱我们，弟兄们，上呀，咬死他啊！他活着，就是我们的冤家仇敌！

巴雅尔依然不动，盯着獒妹的身影，嘴边浮出浅浅的苍白的笑容。

新獒王呼和猛地扑过来，嘴巴几乎已经伸到巴雅尔的面前了，獒妹还是没有捂着胸口，显出悲伤欲绝的样子。就在那一刻，巴雅尔的血液忽然冷却，彻底地绝望了。他闭上了眼睛，只能麻木地迎接死亡。接着，他被新獒王呼和咬住尾巴。呼和硕大的脑袋猛地发力，将巴雅尔抡起来，甩到河里。呼和哈哈大笑，嘴巴里还留着半根巴雅尔的尾巴，滴着鲜血。

巴雅尔在七月湍急的河水里滚了几下，隐入茫茫的夜色……

“啊！”獒妹大叫一声，捂着胸口晕了过去。

额仑草原的河，像百转千回的蒙古长调一样，忽而湍急，忽而安静。尤其是在七月的丰水期，河边密实浓郁的胡杨树，组成一道护卫河岸的绿色屏障，将左突右冲的河水逼成河湾。然后，驯服的河水经过一段距离的沉淀之后，变得清清亮亮，汇入额仑湖。蒜头王家的小河汊里，也有一股因为落差较大而湍急的水流，急慌慌地冲到大草原，又猛地平静下来，进入一个湾区。湾区里有大量的鱼儿，等待着从上游冲刷下来的有机物滋养自己。

这一天，湾区的鱼儿迎来了一团“有机物”。它们争抢着围攻这个毛茸茸的肉团。

肉团忽然蠕动起来，慢慢地靠向岸边。再后来，肉团挣扎着爬起来，费了大半天的工夫，才挪动到干燥的岸边，然后昏死过去，任凭风吹雨打……

又过了一天。

老獒王脱脱和獒母花花在河边散步。他们看见流浪狗们围着一个毛茸茸的肉团议论纷纷。有的说这是一只狗，有的说像是一只狼；有的说死了，有的说好像还有一口气。老獒王夫妇走近的时候，老流浪狗带着嘲弄的口吻报告说："大伙儿都猜这半死不活剩下半截尾巴的小畜生，就是向你们的女儿獒妹求爱的傻小子。是救他还是撕了他？"

老獒王脱脱嗅了嗅那团臭肉，没有嗅到熟悉的味道，半截尾巴的伤口聚满了苍蝇。他鄙夷地仰起头，瓮声瓮气地说："哼，只有懦夫才会用诗歌吸引女人的目光。"

獒母花花叹了口气说："爱总归是没有错的。就让腾格里决定他的生死吧……"獒母不由得回忆起她挚爱的儿子。"唉……额仑草原上，再也没有像巴雅尔那样义薄云天的少年才俊了，为了救助天鹅，慷慨就义。他要活着，一定会赢得无数女孩的芳心……"

晕厥中的巴雅尔想努力睁开眼睛，呼唤獒父獒母。但是，獒父獒母的话让他鼓起的勇气一泄而空。他生怕獒父獒母认出自己，索性闭上了眼睛，等待死亡的降临。

不久，额仑草原下起大雨。巴雅尔被雨水浇醒。

狼顽强的生命本能，让巴雅尔踉踉跄跄地站起来。他走到河边照了照自己的影子。现在的巴雅尔，瘦骨嶙峋，毛蓬乱枯黄，尾巴断了一截，眼睛黯淡无光。仅仅几天，那个英俊潇洒的白狼少年巴雅尔已不复存在了。也好，多情的巴雅尔、诗人和歌手巴雅尔已经被耻辱和浅薄埋葬了。他要隐姓埋名，任岁月磨砺。活下去，才能找回曾经的自己。

有了活下去的想法之后，巴雅尔觉得饥饿的感觉袭来。他饥肠辘辘。但是，他已经没有气力去捕捉啮齿类动物，只能晃晃悠悠地走到河边，蹲守在树丛里，吃跳到嘴边的癞蛤蟆。这是一种刻骨铭心的苦难的体验。癞蛤蟆最好抓，但没有任何犬科动物愿意吃。癞蛤蟆不仅丑陋，它的皮肤上每个凸起的疙瘩里，都蕴含着白色的浆液，俗称蟾酥，是一种毒性很强的东西。这种东西吃到嘴里会麻痹舌头和口腔，吃多了会浑身奇痒，头大如斗。

尽管癞蛤蟆有很强的毒性，样子又很恶心，但为了活下来，巴雅尔还是吃了很多。

很快，巴雅尔觉得头大如斗，舌根僵硬，头昏眼花，再次晕倒在河边的草丛里。

翌日，当额仑草原的太阳再次升起的时候，巴雅尔从昏睡中醒来。他惊奇地发现，自己化脓的伤口居然已经愈合；被蚊虫和苍蝇叮咬得血淋淋的、溃烂发臭的皮肤，居然已经变得干爽。很久很久以后，当巴雅尔跟红狐博士说起这段神奇的经历时，博士告诉他：“你是遇到了奇迹。如果你当时健健康康的，早就被毒死了。但是，那时的你已伤痕累累、病毒缠身，正好吃了有毒的癞蛤蟆，而蟾酥是

一种以毒攻毒、消炎杀菌的神药。”

巴雅尔活了过来。

活下来的巴雅尔，第一个想法就是回到额仑草原森林，回到温暖快活的木屋城堡，回到冷杉树根下的洞穴公寓。一路上他都在想，见到红狐博士后，一定要向老师道歉，进行世界上最诚恳的检讨和反思。然后与塔塔尔合作，抓几只肥美的草原獭兔，美美地吃上一顿，再美美地睡上一觉。

到了森林之后，巴雅尔急不可耐地跑到红狐博士的木屋城堡。

然而，木屋城堡大门紧锁，松木门板上已经长满了青苔。门把手上挂着一个告示牌，上面写着“主人游学，归期未定”。

也许是啄木鸟，也许是会啃木屑的松鼠，在木屋城堡的旁边，也就是千年冷杉的根部弄了一个留言的树洞。树洞里塞了很多写在树皮上的条子。有咨询疾病的，有问长寿秘诀的，也有求教怎样转生到水草肥美的原始草原的。在众多留言条中，有一张是画着狼头的，显然是写给巴雅尔的。狼头的下面写着几个字：

你自由了，想干什么就干什么。

巴雅尔懵了。

自由是他的梦想。可现在，自由却让他感到一股孤独和寒冷，从四肢瞬间侵入心脏。他急忙朝千年冷杉的树冠嚎叫，呼唤哥们儿塔塔尔。他要告诉塔塔尔，他现在需要的不是自由，而是朋友的爱和温暖。他要食物的热量，要治愈心理的脆弱和卑微，要在朋友的怀抱里大哭一场，分担痛苦。他受够了癞蛤蟆的丑陋和恶心，不再想自己曾经写下的诗句，而要与塔塔尔兄弟大吃一顿鲜美的兔肉。他悲悲切切地叫啊叫啊，惊动了大半个森林。

忽然，两只苍劲的金雕从树冠落到树根部的枝丫上，虎视眈眈地盯着巴雅尔。

巴雅尔的嚎叫没有呼唤到哥们儿，却惊动了哥们儿的父母。

塔塔尔的父母是额仑草原森林里最受尊敬的金雕。他们锐利的目光和钢刀般的鹰爪压迫着巴雅尔，让他感到一种随时会被肢解、一切都被对方看透的恐惧。巴雅尔低下头，将半截尾巴深深地夹在屁股里，怯怯地叫了一声：

“叔叔……”

塔塔尔的父亲哼了一声。

塔塔尔的母亲说：“我们的儿子跟老师游学去了。我们希望他能完成学业，做家族的继承人。不希望他挥霍青春，跑到异族女孩的家门口乱逛，招来杀身之祸！”

巴雅尔的头更低了，恨不得挖个洞钻进去。

不久，他听到森林里传来小狐狸们吱吱呀呀的议论声。巴雅尔抬头望去，看见了曾经崇拜他的小狐狸们。他想解释一下，辩解几句，说明不是自己堕落，而是因为“爱让雄性动物着魔”。“你们长大了，一定要吸取教训……”刚一开口，小狐狸们就像看见妖怪现身一样，吓得四散而逃。巴雅尔的心凉透了。

森林里夜色如墨，环绕着他的只有孤独、寒冷、饥饿。

巴雅尔想，这就是自由吗？

如果不是，那么，真正的自由是什么？

巴雅尔决定逃离森林，逃离他熟悉的社群环境和朋友圈子，隐姓埋名……

四　保姆狼阿兰

额仑草原进入七月中旬，正值夏季时节。所有的食草动物都抓紧时间，昼夜不停地进食、倒嚼反刍，将通过光合作用聚集的植物热量转化成动物脂肪，做好越冬的准备。所有的食肉动物也抓紧时间捕猎，尤其是犬科动物，比如狼群。他们也必须在冬季来临之前强壮骨骼、储存脂肪，长出浓密的保暖的绒毛。不然，在零下四十几度的寒冷草原，在刮着白毛风的雪灾季节，饿上几天十几天，等待他们的就只有死亡。

额仑草原山脉的各个狼群家族，都拥有自己的传统领地。当然，也有落魄的、被繁殖率高的家族兼并的狼群。不管怎么说，七月的额仑草原是狼群分散出击，在各自领地范围内独自捕猎的繁忙季节。

在额仑森林的上方，远离额仑草原最大狼群哈敦家族的山脉北坡，有一个七只狼组成的弱小家族，家族的头狼叫科勒。科勒是一只出身大狼群家族的成年公狼，在狼群的交配季，他的睾酮素含量急速升高，两腿之间像夹了火炉，不得不在巡防边界的时候趴在雪地里降温。赶巧另一个狼群里，一只替妈妈看护弟弟妹妹的小母狼闻到了科勒留在雪地里的味道，就离开妈妈，偷偷地与科勒约会。之后，两只狼深知犯了死罪，只好远离各自父母的领地，到额仑草原最北边的边境地区，开辟了自己的一块领地。现在，时值盛夏季节，科勒夫妇带着孩子们在北部山脉的沟壑里学习各种捕猎技巧。这些沟壑草木深深，怪石林立，刚刚开完的芍药花和映山红的花瓣落了满地，是獭兔和黄羊等动物的美食。

科勒夫妇抓到了一只肥大的旱獭，让孩子们先玩耍，再进食。

母狼看管着孩子，公狼开始巡山。

公狼科勒发现一只瘦弱细长的半截尾巴的小狼，进入了他们的领地防区。

小狼似乎在灌木丛和石头上，嗅到了公狼刺鼻的尿骚味。那味道让小狼忽然惊觉，四下张望，心神不定地将前腿抓地，后腿绷紧，做出随时战斗的紧张姿态。但看上去，这只小狼还没有意识到味道的另一重含义：进入他人领地，等待他的就是死亡和拒绝。觉得没有危险迫近，小狼居然用伏击的手段抓了一只肥美的獭兔。

公狼科勒果断出击，发出怒吼，并呼唤母狼一起截击侵入者。

擅自闯入，已经是犯了大忌。如果还想在此地猎取食物，那就是找死了。

公狼科勒一个跳跃，进入下方攻击的位置。另一个位置被母狼居高临下地占据。

小狼正想进食美味的獭兔，鲜活的血液让他的眼神中爆发出贪婪的火焰。但是，两只狼发出吼声并逼近他的左右。那吼声的信息很明确，不是“放下猎物，滚开”，而是“放下猎物，你死定了”。

令科勒夫妇诧异的是，这只和他们孩子年纪差不多的小狼居然非常镇静。他那么小，不仅会狩猎，还在生死存亡之际几口就将食物柔软的内脏吃了进去。然后，当科勒夫妇完成前后夹击，一口就能要了小狼性命的时候，小狼抬起头，长长地舒了一口气。那意思似乎在说：“好吧，食物是你们的，剩下的大部分你们拿去好了。我知道我错了。你们要我死，我死好了……”

科勒夫妇犹豫了，交换了一下眼神。小狼的尾巴只剩半截，看样子受了不少苦。尤其是那副生死由天的无所谓的样子，让他们怀疑他是某个大家族的私生子，或者是被赶出狼群的叛逆少年。关键是他身上与年龄不符的成熟和冷静，让他们觉得似乎杀死他有点可惜。他们的狼群家族太小了，急需劳力和义工。

科勒夫妇忽然有了主意。他们让小狼吃了个饱，然后装作同情关心的样子，问小狼家在哪里，叫什么名字。

小狼说自己还小，父母还没有来得及给自己起名字，他也不知道自己住的地方叫什么名字，反正就是一生气跑了出来。“谢谢你们的馈赠，我不会忘记你们的。”说完，小狼要走。

科勒夫妇交换了一下眼神，然后恶狠狠地截住小狼的路，说：“你要么死，要么留下来，给我们的孩子当保姆。”

小狼哀求说自己不会当保姆，从来没有学习过这个。“让我走吧，我会记住你们的恩情。额仑草原上有一句狼谚，叫‘好狼有好报’。你们家族一定会狼丁兴旺的。”

公狼科勒哈哈大笑，对妻子说：“这小子年龄不大，却能说会道，能管理自己的情绪，管理咱们的孩子一定没有问题。哈哈……”

母狼高兴地摇着尾巴，前后打量着小狼。她的幼崽们已经四个月了，食量越来越大，光靠丈夫科勒一只狼来捕猎已远远不够，狼崽们天天喊饿。如果有一个保姆狼看管着孩子们，她就可以和公狼一起捕猎，供养家庭不成问题，自己也能补补亏空的身体，顺利越过寒冬。现在，腾格里赏赐了一个聪明绝顶却孤苦伶仃、离家出走的少年狼，不用白不用。于是，母狼摆出一副凶狠后妈的架势，朝小狼的耳朵恶狠狠地咬了一口。

小狼大叫一声，耳朵上掉下一块肉，鲜血直流。

小狼的凄厉惨叫让科勒夫妇心花怒放。

母狼立威之后，又把小狼掀翻在地，将自己的一条前腿摁在小狼柔软的肚皮上，说："从今天起，你要敢逃跑，我就咬死你！你要不听话，我就划破你的小肚皮！"说完，母狼在小狼的肚皮上划了一下，一道血印立刻显现，小狼随之再次惨叫出声。

母狼龇牙瞪眼："不许叫！"

小狼立即闭上了嘴。

母狼又命令："站起来！"

小狼瑟瑟发抖地站了起来。

母狼满意地看着恐惧的小狼，说："从今天起，你就是保姆阿兰了。"

小狼在心里呼喊：不，我叫巴雅尔。你这个恶婆娘！

公狼哈哈大笑，说阿兰这名字不太像雄性该起的。母狼说这个名字会时刻提醒他卑微的身份，让他尽到保姆狼的责任。科勒夫妇喜气洋洋地押送着小狼，回到了狼崽子们的洞穴。狼崽们听到母亲的呼唤，从洞里钻了出来，一共五只。这五只狼崽看上去营养不是太足，比哈敦家族的狼群幼崽小了不少。哈敦家族的狼崽有整个狼群帮助母狼托娅喂养，当然营养充沛。科勒夫妇的小狼崽子们急切地舔着父母的嘴，科勒吐出食物，让小狼崽子吃了个半饱，母狼也只是吃了个半饱。唉，如果母狼有个女儿或者妹妹做保姆，替她看管照料孩子们，并且教给他们狩猎技巧的话，他们夫妇两个便可以一起捕猎，那狼群的日子就好过多了。不过，现在好了，他们有了小狼。母狼喊着："阿兰，过来！"

阿兰犹豫了一下，直到母狼发出威胁的时候，他才意识到是叫自己，于是磨磨蹭蹭地走到狼崽们的面前。

母狼摇着尾巴，笑眯眯地向狼崽们介绍说："孩子们，今天真是一个好日子。万能的长生天，无所不在的月亮神，赐给你们一个好朋友，也是你们的保姆——阿兰小姐！"

五只狼崽发出哧哧的笑声。

"阿兰小姐？哈哈哈……他不过是个和我们一般大的臭小子。"

母狼无限温柔地对狼崽们说："从今天开始，阿兰小姐负责照料你们的生活，他的主要责任就是给你们当玩具和打扫卫生。当然，如果你们遇到危险，阿兰还要负责向爸爸妈妈报警。既然是你们的玩具，你们就要当心，不要玩着玩着把他玩死了，嘻嘻。"

母狼的话音刚落，五只小狼崽就冲向阿兰。

四个月大的狼崽子正是跟随父母学习狩猎的年龄。他们精力充沛，一刻不停地把阿兰当成猎物攻击。有的咬脖子，有的拖后腿，有的咬肚皮。玩着玩着，他们都觉得咬脖子最好玩，这是杀死动物最致命的一招，甚至为了咬阿兰的脖子打了起来。可怜的阿兰不一会儿就被小狼崽子折磨得伤痕累累，自己的毛被咬得像鸡毛一样乱飞。

围殴中，有无数次，阿兰——不，巴雅尔——想翻身一个侧击，咬死一只欺负他的小狼崽，或者至少给他们一个教训：我虽然小，但凭你们拙劣的动作和低下的智商，根本就不是我的对手。但是，每当心里的杀机闪现的时候，他都下意识地捂住自己的眼睛，生怕那双眼睛出卖了自己，让母狼将自己咬死。痛苦屈辱的每一个瞬间，都像在炼狱里经受着意志的考验。那意志就是：决不能让仇恨燃烧！他命令自己忍住，忍住，放松，再放松……让血液冷却，让心脏的跳动慢下来，让应激反应的激素水平降低，再降低。

缩成一团的巴雅尔，很快让狼崽们失去了兴趣。

过午时分，狼崽们钻进洞里呼呼大睡。

巴雅尔赢得了片刻的宁静。他边舔伤口，边想怎么能逃跑。可是，当他仔细观察科勒夫妇的时候，发现两只恶狼尽管在躺着睡午觉，眼睛却微眯着偷觑他。到了夜晚的时候，狼崽们在洞里，巴雅尔守在洞口，他的身边稀稀拉拉地摊着不少干草和树枝。科勒夫妇则一左一右在不远处围着他们的“保姆阿兰”。只要巴雅尔一动，那些干草和树枝发出哪怕是微小的声音，科勒夫妇也会霍地站起来。

巴雅尔想，只能趁白天科勒夫妇出去打猎的时候，再找机会逃跑了。

翌日清晨，恶狼科勒夫妇出发打猎的时候，小狼崽们早就醒了，吵吵嚷嚷地围着他们的保姆“阿兰小姐”，玩各种狩猎游戏。科勒夫妇走后，巴雅尔和小狼崽们玩捉迷藏，试图用这种方法摆脱狼崽子逃跑。可是，每当小狼崽们找不到他们的“玩具”的时候，就高声嚎叫，好像家里发生了大事，一声接一声。引得不远处捕猎的科勒夫妇急忙跳到高处，朝狼洞营地瞭望。巴雅尔知道，如果他不出现，科勒夫妇就会循着他的气味一路追赶，抓住并咬死他。于是，巴雅尔在狼崽们的呼唤声中不得不现身，假装是游戏的高潮，高叫着“来了来了”，让科勒夫妇远远地望见，知道家里的保姆还在。

科勒夫妇第一天联合狩猎的战果不错，不仅自己吃饱喝足了，还抓了一头小野猪，赶回家给狼崽们训练玩。小野猪也已经四五个月大了，二十几斤的样子。狼崽们围着小野猪兴致勃发，各个跃跃欲试，试图将小野猪摁倒杀死。但是，小野猪吱吱地叫着，并不屈服，蛮横地在小狼崽们的包围圈里横冲直撞，将挑战它的狼崽们吓得闪躲不及。科勒夫妇哈哈大笑，并不急于替狼崽们杀死小野猪。

忽然，小野猪朝一只叫塔娜的小母狼撞去。塔娜站立的地方，是一块巨石的边缘。如果被撞到了，这只小母狼就会滚下山石，必死无疑。塔娜怔住了，不知道该怎样躲闪。而科勒夫妇站的地方又远，无法在一瞬间救下面临危机的塔娜。

说时迟，那时快，只见一个身影疾如闪电，撞向小野猪。小野猪倒地之后，那个身影一口咬住小野猪的喉咙，将犬齿插入肉中。他就是“保姆阿兰”。

科勒夫妇和狼崽们惊呆了。

就在科勒夫妇不知道该先感谢“阿兰”，还是先安抚狼崽子们的时候，“阿兰”已经开始急速地吸吮小野猪喉管喷涌的鲜血。科勒夫妇当然是先将那只躲过危机的小母狼崽塔娜搂住，把她护送到安全的地方，再用嘴巴亲吻抚慰受惊的孩子。

等科勒夫妇想起感谢“保姆阿兰”的时候，他们发现“阿兰”的肚子已经鼓了起来，他喝足了小野猪的血。就在那一瞬间，科勒夫妇倒吸一口冷气，交换了一个恶毒的眼神：这个保姆必须死！草原狼狐疑猜忌的本能让他们联想到，这个保姆如果想杀死他们的孩子逃走的话，幼崽们没有一个是对手。

科勒夫妇对巴雅尔动了杀机之后，两口子反而对他变得热情起来。幼崽们吃完野猪肉，母狼把一个猪蹄子叼到巴雅尔的面前，碰了一下他的鼻子，意思是说“谢谢你了，阿兰”。巴雅尔也回碰了一下母狼的鼻子，意思是“不用谢，这是我应该做的”。

巴雅尔的客套礼节，让粗暴的母狼扭捏起来。“当然应该感谢。一个猪蹄子不够，还有一根猪尾巴。奖励你不仅是感谢你，也是我教育孩子知道感恩。你知道吗，从前啊，俺也是一个大狼群家庭出身的闺秀，很多礼貌规矩都懂啦。”

被救的小母狼塔娜叼了一块肥嫩的肉给巴雅尔。孩子不会说，但感激之情像一汪清澈的湖水，在大眼睛里回旋荡漾。

巴雅尔刚想吃，忽然发现科勒夫妇的脸色极其难看。他赶紧把肉还给了小母狼塔娜。塔娜怎肯将给出去的肉要回来。于是，两只狼推让起来。这在狼界也是奇闻异事，因为狼从来不会谦让，更不会与同类分享食物，除非是恋人或者亲人。

科勒夫妇的脸色已经不是难看，而是愠怒了。

“这小保姆阿兰，不但有杀死我们幼崽的能力，还有夺走我们爱的能耐……”

科勒夫妇动了杀害小保姆“阿兰”的心机之后，两口子就在想怎么动手，什么时间动手。

公狼的意见是：今天晚上孩子睡了，就动手。

而母狼的意见是：小保姆刚刚救了小母狼，孩子们明天发现他们的恩人死了，或者失踪了，会对我们有不好的看法，哪怕是猜疑也不妥。

科勒夫妇是一对私奔出走的苦命鸳鸯。对公狼和母狼来说，孩子就是他们的命。他们太爱孩子了，于是决定找个合适的机会除掉“保姆阿兰”。意外坠山？逃跑失踪？最好是小保姆对他们的孩子下手的时候，抓个现行，既教育了孩子们世事险恶，又对他们有一个道德上的交代。如果有罪恶、有报应，那就让父母来承担好了，只要成长中的孩子们心中别留下阴影。

一夜无话。但巴雅尔明显感觉到科勒夫妇看他的眼神变得诡异。巴雅尔懂得这种眼神，他已经经历过很多次了。因此，当夜色深深的时候，他把耳朵贴近地皮。走近他的任何声音都让他神经敏感而紧张。他想，也许今夜就是他的死期。但是，他又想起白天母狼那感激的表情和给他的猪蹄，觉得是不是自己太敏感了，孤独久了，失去了对狼群和动物的基本信任和爱？怎么说，科勒夫妇也不至于要他的小命啊。生命于他，是自由的延展。于科勒夫妇也有益无害。他可是孩子们的保姆和玩具。

新的一天又开始了。

一大早，母狼匆匆忙忙地给孩子们喂了几口奶，就急着要去狩猎。现在两只狼崽的食量就顶一只成年狼，他们必须加倍努力才行。科勒夫妇走了之后，狼崽子们呼啦啦地将巴雅尔围了起来。显然，昨天危急时刻一招致命的必杀技，让狼崽们崇拜极了。他们谁也不敢小看这个小保姆了，更不用说欺负。狼崽们缠着巴雅尔，让他讲讲为什么这么厉害。小保姆“阿兰”羞涩地说，他不厉害，真的不厉害。“额仑草原上，曾经有一只最厉害的狼，叫巴雅尔。”

“比你还厉害？”

“是的，比我厉害……”

“厉害在什么地方？”

“他拯救了额仑湖的天鹅，上过刑场，被金雕兄弟叼到三千米的高空。”

“哇！讲啊，讲啊，我们要听……”

于是，巴雅尔深情地含着眼泪，把自己的事迹重复了一遍。讲到最后，他低下了头，声音哽咽，不好意思地摇着头说：“和巴雅尔比，现在的我，不过是行尸走肉而已。”

“不，不……”狼崽子们怎么也不相信，勇敢机智的小保姆怎么可能仅仅是行尸走肉。“不，”狼崽子们说，“虽说你是我们的保姆，但是，你是我们真正的大哥。你长大了一定是额仑草原的大英雄。”

巴雅尔感激地朝狼崽子们点点头，说："谢谢你们的鼓励。你们也是我的兄弟姐妹。我现在正努力地找回自我，重新发现什么是自由……"

科勒家族的狼崽子们听不懂巴雅尔的话，就是因为听不懂，才让他们无比崇拜他。他们从来没有听过这么新奇的词汇，这么新奇的故事。他们缠着小保姆再讲几个故事。巴雅尔说："其实你们父母的故事比我多。"狼崽子们不信，说爸爸妈妈从来没有讲过故事。

巴雅尔说："我告诉你们一个办法，爸爸妈妈肯定会给你们讲好多好多的故事。"

狼崽子们兴致勃勃地问，什么办法。

"你们只要装作肚子疼，爸爸妈妈一定会趴下来问肚子哪儿疼。这个时候，你们就趁机抱住爸爸妈妈的大腿，用舌头狠狠地舔腿窝的痒痒肉。爸爸妈妈笑得喘不过气，就会给你们讲故事。"

"真的吗？"

"真的啊。我喊一声开始，你们互相试一试。"

"好吧。"

"开始！"巴雅尔"啊哦"地嚎叫了一声。

五只狼崽子互相抱住彼此的前后腿，狠狠地舔着腿窝的痒痒肉，个个笑得喘不上气，大叫着："服了，服了，我讲我讲……"

巴雅尔和狼崽们约定，只要他“啊哦”嚎叫一声，狼崽子们就舔爸爸妈妈的痒痒肉，让他们乖乖地讲故事。

听够了，闹够了，狼崽们也累了。

时至中午，烈日当空，大地炎热。科勒夫妇打猎还没有回来。巴雅尔让狼崽们进洞里睡觉。狼崽子们非常听话，都乖乖地进了狼洞。狼洞是早年的一个旱獭洞，经过母狼的扩建和修整，掩映在灌木丛里。狼洞里通常都很凉爽，缺点就是经年累月的动物洞穴里都有寄生虫。

狼崽子们进洞睡觉之后，科勒家族狼群的营地忽然静了下来。

巴雅尔忽然想到，如果现在他用树枝干草将狼洞堵住，再狠狠地扒土将洞口掩埋，狼崽子们就会闷死在里面。那么，他就可以从容地逃走了。等科勒夫妇回来，再循着他的气息追赶的时候，他至少能跑几十公里，进入其他狼群的领地。科勒夫妇胆子再大，也不敢到附近大狼群的领地防区追赶敌人。

巴雅尔的心脏怦怦直跳。如果马上堵洞，“保姆阿兰”就成了历史，巴雅尔可以重新找回自己。但是，令巴雅尔奇怪的是，当年他面临死亡的时候心静如水，大义凛然，而现在他要把死亡赋予别人的时候，却心乱如麻，有一种惴惴不安的感觉。他闭上眼睛，静默了一会儿，想起了母狼托娅说的“信任和爱”，想起了白脖狼王说的“勇敢和智慧”，想起了草原三杰的使命和追求。他想，科勒夫妇对自己比后爸后妈还要恶毒，很有可能已经动了杀机。尽管如此，仇恨也不应该动摇自己的信仰。未来的路还很长，注定是孤独的远行。悲伤、离别、痛苦和挫折像风一样如影随形。如果每次无法称心如意都能让自己改变信仰和初心，那么这一生就会失去方向。不知道如何定义自我，自由也就成了草原上的萤火虫，看得见摸不着，随时点亮，随时湮灭……

想到这里，巴雅尔听到狼洞里传出了小狼崽子呼呼的酣睡声。

这婴儿呢喃般的酣睡声，像是对巴雅尔的苦难的奖励，温馨而甜蜜，让他紧绷的神经松弛下来。他自豪于能用意志力控制自己的愤怒，尤其是控制仇恨的情绪。直到现在，他才隐隐地觉悟到红狐博士让自己独闯天涯的苦心，体悟到自由就是自律。把自己管理好了，未来才能管理好团队和狼群。

巴雅尔安然地睡着了。

在离狼洞营地不远，一个十分隐秘的地方，科勒夫妇已经埋伏了一个上午加一个中午。他们的眼睛一眨不眨地看着狼洞营地，就等着小保姆“阿兰”做出图谋不轨的举动。只要有一个威胁狼崽子的动作，他们就会扑上去将

“阿兰”置于死地。但是，时至中午，太阳已开始偏西，他们已经疲惫不堪了，小保姆却没有任何威胁狼崽或者图谋不轨的行为。他们眼看着孩子们高高兴兴地进洞午睡，小保姆在洞口灌木丛的阴凉地里，忽而醒着，忽而睡着，可怜巴巴地打着瞌睡。

营地里的狼洞洋溢着安静、和平与惬意。科勒夫妇却有些焦虑。

母狼问：“怎么办？”

公狼说：“再等一等。”

母狼说：“如果阿兰心地善良，还能顺从我们，明年可以给我们家族当骨干狼、当护法。这样，我们就可以连续生养四五窝孩子。那个时候，我们就是额仑草原的大家族了。”

公狼说：“别傻了，阿兰如果身怀绝技，还能忍受虐待，那他日后必成大才，怎么可能给你我当家庭护法，寄人篱下？今天不除了他，日后他必定将仇恨加倍还给我们！你见过原谅敌人、不要血债利息的狼吗？”

科勒夫妇讨论了半天，决定无论如何都要在今天晚上除掉“阿兰”。

天色将晚的时候，科勒夫妇从隐身的地方现身，颠儿颠儿地回到狼洞营地。

快快乐乐地玩了一天的狼崽子们，早已经饿得肚子咕咕乱叫，看见爸爸妈妈回来，急不可耐地跑上前去，吻着他们的嘴要食物。可是，科勒夫妇因为全天都在监视小保姆“阿兰”，并没有捕猎，自己的肚子也是空的。狼崽子们不满意了，围着科勒夫妇不断地吻着叫着要食物。而科勒夫妇心怀鬼胎，夜色刚一降临，就将没有吃饭的狼崽子们赶进洞里睡觉。狼崽子们进了狼洞，可是肚子咕咕直叫，怎么能睡得着？

将孩子们轰进狼洞之后，科勒夫妇就露出凶相。他们一前一后，想把巴雅尔赶到大石崖前面，那也是白天小母狼塔娜遇险的地方。只要滚下石崖，巴雅尔的命就没了。明天白天跟孩子们宣布这个消息，再领他们参观一下悲惨的现场，这事就结束了。巴雅尔当然看出了科勒夫妇的诡计。尽管他已经将仇恨和怨怼从内心驱赶出去，并把母狼公狼的恶行归结于父母护佑子嗣的本能，加以同情和怜悯，但是，这两口子看上去还是不相信世间真的有超越生死的爱……于是，巴雅尔发出了一声“啊哦”的嚎叫。

本来就睡不着的狼崽子们忽然听到“啊哦”的嚎叫声，急不可耐地冲出狼洞，径直跑向科勒夫妇，抱腿的抱腿，舔腋窝的舔腋窝。五只狼崽子想：不给吃的，就得讲故事。科勒夫妇被狼崽子们舔得奇痒无比，哭笑不得，只好就地打滚，问：“孩子们，你们想干什么？快说，快说，受不了啦……”

狼崽子们齐声高呼：“爸爸妈妈的肚子里有故事。”

科勒夫妇说：“我们的肚子只装肉肉，不装故事。”

狼崽子们嚷嚷着：“那就把肉肉吐出来也行，我们饿极了。”

科勒夫妇说：“现在我们的肚子里没有肉肉啊。”

狼崽子们抗议道：“爸爸妈妈的肚子里既没有肉肉，也没有故事？骗我们吧！阿兰哥哥的肚子里没有肉肉就有故事。阿兰哥哥说，你们的年龄大、阅历多，有很多很多的故事。”

科勒夫妇终于明白了，这是小保姆“阿兰”的计谋。他们怒视着“阿兰”，但无计可施。当着孩子们的面，做父母的无论如何不能乱杀无辜，何况对方还是小母狼的救命恩人。于是，科勒夫妇只好答应狼崽子们现在就去捕猎，给他们肉吃。

科勒夫妇离开狼洞营地，跑到山坳里。夜里的山坳和沟壑，啮齿动物早已入洞，大型食草动物也反刍安眠，大地静得出奇，根本就捕不到任何食草动物。至于远处的牧区羊群，他们想都不敢想。不等走到那里，流浪狗们就会将他们两口子截杀。可怜的科勒夫妇疲惫不堪地饿了一天一宿，最后只好在水沟里抓几只青蛙和癞蛤蟆塞一下牙缝，静等黎明的到来。

天亮了。科勒夫妇回到营地。他们不放心自己的孩子。

狼崽子们也饿了一天一宿。看到爸爸妈妈，立即冲上前去要食物。科勒干呕了半天，什么也没有吐出来。失望的狼崽子们几乎是愤怒地拱翻科勒夫妇，狂舔着他们的腋窝。晕头涨脑的科勒夫妇爬起身，他们的肚子里既没有故事也没有肉，只好重新出发去狩猎。但是，他们身体的热量显然供给不足，几天几夜的不眠不休又引发大脑缺氧，因而捕猎的效率和出击的速度大受影响。明明看见旱獭出洞觅食，距离只有二十几米，悄悄地伏地爬行，一个冲刺就能捕到。但是，他们现在效率大大地降低了。最后，公狼和母狼联合作战，两头夹击，跑了几千米才抓到一只长腿兔。母狼毫不犹豫地先吃，因为她要生产奶水。公狼只好等下一顿。然而他们又担心营地里的狼崽子们，于是中午的时候就回来了。

意外的是，营地里的狼崽子们出奇地安静，他们围坐在小保姆“阿兰”的身边嘻嘻地笑个不停，显然是在听什么有趣的故事。

母狼喊了一声：“孩子们，妈妈回来了，给你们吃兔子肉。”

狼崽子们居然无动于衷，依然在听“阿兰”讲故事。

公狼和母狼定睛一看，大吃一惊！他们发现，在狼洞营地的周围散落着动物的毛皮和骨头。有兔子，有旱獭，居然还有一只幼小的鹅喉羚。再仔细观察，每只小狼崽的肚子都鼓鼓的，嘴巴和鼻头油亮油亮的。显然，他们吃得比科勒夫妇还好。

原来，科勒夫妇出去打猎的时候，狼崽们的肚子实在是饿得叽叽咕咕地叫。看科勒夫妇疲惫不堪的样子，狩猎回来能不能得到食物也很难说。于是，狼崽们就缠着小保姆——不，现在他们叫他“阿兰哥哥”了——讲一个世界上最好吃的故事。巴雅尔说咱们今天不讲吃的，抓吃的怎么样？狼崽们听后欢腾雀跃，跃跃欲试。巴雅尔给五只狼崽分了工，有的堵兔子洞，有的守兔子洞，然后给他们示范截击、侧击和伏击的狩猎战术。由于是团体作战，狼崽们也四五个月大了，有了一定的猎捕能力，对付兔子和旱獭不成问题。很快，他们便得到了胜利的成果，大吃一顿。最后，巴雅尔自作主张，想试验一下狼群围猎的战术，布置五只狼崽和自己一起，抓了一只鹅喉羚幼崽。狼崽们因为是第一次狩猎，吃到的又是自己取得的胜利果实，非常自豪。而巴雅尔也是第一次运用自己的智慧和意志，发挥了排兵布阵的指挥才能，自然也是乐得双眼发光。所以，当母狼告诉孩子们有兔子肉的时候，他们动也没动，围坐在“阿兰哥哥”的跟前，朝母狼伸出油亮的鼻子和嘴巴，炫耀自己长能耐了。

饥饿而疲惫的科勒夫妇，此时心中几近崩溃，觉得又被“阿兰”插了一刀。

他们发现，现在已经失去了所有孩子对他们的信任和爱。

小保姆“阿兰”和孩子们站成一排，俨然成了他们的王。他的肚子里有故事，还有狩猎技巧和围猎计谋，这些都是科勒夫妇无法给子女的。更重要的是，在孩子们的成长阶段，老师比父母更有权威和思想的渗透力，他们把父母当成叛逆的对象，把老师当成崇拜的偶像。

科勒夫妇再也无法忍受了。

他们低下头，脖子朝前直直地伸着，鬃毛陡立，龇牙咧嘴地发出吼叫：“滚！不然，我们现在就杀死你！”

巴雅尔和狼崽子们目瞪口呆。

“听到了没有？滚！滚得远远的！”

科勒夫妇再次发出威胁。

巴雅尔茫然不解，问：“为什么？我很努力……”

狼崽子们也大惑不解，质问科勒夫妇：“为什么？难道这就是爸爸妈妈的为人之道吗？妈妈总是说，你是大户人家的小姐，大户人家的家教是这样忘恩负义地对待孩子们的老师和保姆的吗？”

孩子们的话字字如刀，刺中了科勒夫妇的心。他们最担心的局面出现了，父母的“恶”被孩子们识破，引发了叛逆。

科勒夫妇忽然放弃了暴力，表情变得柔弱可怜，哽咽着啜泣起来。母狼哀求巴雅尔："亲爱的阿兰，求求你放过我们吧，放过我们的孩子。如果我们有对不起你的地方，纯粹是因为我们对孩子们的爱。呜呜……"

公狼也可怜巴巴地接着说："从前，我们夫妇分属两个彼此有仇恨的狼族部落，为了爱才死里逃生，才有了今天这个家。家就是我们的一切，孩子就是我们的全部。我们都是普通的狼，寿命有限，地久天长和沧海桑田都与我们无关。我们的未来就是孩子。一代接一代，生命虽短，但爱的基因会流传下来。一餐一食，一颦一笑，都让我们的生命充实，日子过得其乐无穷……所以，请不要剥夺我们的爱，请不要剥夺我们爱孩子的权利。我这样说，阿兰你能理解吗？孩子们，你们能理解吗？这就是爸爸妈妈给你们讲的第一个故事，如果你们愿意听，爸爸妈妈还会讲，我们是怎样瞒着家族私奔的……"

说完，科勒夫妇埋头呜咽嚎叫，声音如泣如诉。

狼崽子们第一次听父母的故事，也是第一次经历父母眼泪的洗礼。他们就像被施了魔法，一起跑到父母的怀抱中，与他们紧紧地搂抱在一起。巴雅尔也很感动，他忽然觉得，这世上除了别人的食物和财产不能动，别人的爱，也是不能随便动的。于是，他决定离开科勒狼群。

"兄弟姐妹们，爱这个草原，爱你们的父母吧。我走了……"

狼崽们好像忽然间长大了，他们围着巴雅尔，吻他的脖子，吻他的鼻子，吻着一切可以吻的地方，送了一程又一程。尤其是小母狼塔娜，泪汪汪的，一直不说话。

巴雅尔说：“回去吧，兄弟姐妹们。我想你们的时候，会听一听草原的风，那里面有你们成长的脚步。你们想我的时候，可以看看草原的云，那是我灵魂的影子。草原上最博学的红狐博士告诉我，所有的动物都是自然之子，草原万物与我们心心相连……”

最后狼崽们齐声高呼：“请向额仑草原最厉害的少年狼巴雅尔问好！”

巴雅尔说，好的。

走出很远后，他忽然泪如雨下。那一刻，他才知道泪水是咸的，也是涩的，只留给最爱的人。

但是，前路茫茫，朝哪里走才能活下去，并且找回自我呢？

巴雅尔再次感到孤独的自由是无边的寒冷。只有融入族群和社区，自由才拥有生命的温暖和价值。他决定寻找哈敦家族的狼群，否则他活不过这个冬天。

五　初入哈敦狼群

哈敦家族的狼群因为袭击草原马群的缘故，被迫向额仑山脉的南部山区迁徙了一百五十多公里。再往南走几十公里，就是茫茫的沙漠。那些沙漠原本也是肥美的草原，但是因为开荒种地，破坏了脆弱的植被，加上没有狼群的护卫，草原鼠和旱獭肆虐，不到几年就沙化了。沙漠被七月的骄阳烘烤，中午时分的地表温度能达到四五十度。温带季风带来的雨云飘到这里，被恶魔般的地温高高地托起，一部分滑向北部的山区，降落到植被完好的额仑草原，一部分从沙漠的东西两侧迂回到其他地区。山区阻挡了沙漠的北移，但也做出了巨大的牺牲。这里降水稀少，除了野骆驼和家养的驼群，食草动物尤其是啮齿动物比起额仑草原少了许多。像哈敦家族这样的大型狼群，在这里几乎没有办法存活。于是，狼群决定搬回他们冬季居住的岩画狼洞。岩画狼洞是哈敦家族狼群最古老的居所。从巴雅尔第一次跟随母狼托娅出逃以来，哈敦家族的狼群已经搬了四回家。独眼老狼王哈敦一世认为，重新迁回到年初居住的岩画狼洞，仇家蒜头王是不会想到的。

夏季的额仑草原，毕竟是草原狼最美的家园。

哈敦家族狼群快要接近额仑山脉的时候，一字前行的狼群队伍尾部，传来了嘲笑声。

白脖狼王停下脚步，返回队伍的尾部查看究竟。

原来，一只断尾巴的豁耳朵小狼，不离不弃地跟随着狼群。狼群走走停停，断尾豁耳狼也走走停停。直到队伍最末的一只老狼停了下来，想看个究竟，发现这只低头哈腰、自卑怯懦的狼，就是先前那位自称小八的英俊潇洒的少年狼。这一发现，让哈敦家族狼群的外围狼大笑不已。

哈敦家族的狼群分为三个层级：最高的层级是白脖狼王夫妇以及他们的孩子；第二个层级是担任狼群主攻、配合头狼执行重大任务的骨干狼；第三个层级是老弱病残的外围狼，也被戏称为啃骨狼。外围狼在搬迁和执行任务的时候，通常是走在队伍最后面的，只有在撤退的时候，才走在中间被狼群保护。经过与蒜头王一家的几次大战，哈敦狼群损失了七只骨干狼。现在的狼群一共有二十五只狼，老弱病残居多，真正能征善战的骨干狼，加上狼王夫妇也不过八只。八只狼要负责起整个狼群的护卫和狩猎，实在是有些力不从心。如果七只小狼崽能够顺利成长，明年这个时候，哈敦家族的狼群会实力大增。但是眼下，他们需要的是战力而不是累赘。尤其是这个自称小八的轻浮的骗子，瞧他那个落魄的样子，仅仅才一个多月，就从一个英俊少年变成了邋遢的乞儿。

白脖狼王赶到队尾，看到那只自称小八的狼的时候，也大吃一惊。短短一个多月，这孩子怎么变成这副畏畏缩缩的样子了，甚至不敢抬头直视白脖狼王的眼睛，先前的孤傲和冷漠荡然无存。尽管如此，是否收留少年狼，他还是想征求一下父亲哈敦一世的意见。但是，父亲和母亲因为年纪太大，被行进的队伍远远地落在了后面。于是，白脖狼王没有说什么，只是鄙夷地哼了一声，就赶回队伍的前列。队尾的外围狼都是啃骨老狼，他们最会揣摩狼王的心思和眼下的局面，一见狼王走了，就毫不犹豫地咬退巴雅尔。世事艰难，怎么能多一张吃白饭的嘴？

巴雅尔被外围狼咬退，还被数落嘲笑了一阵。眼看着哈敦家族的狼群走了，他沮丧地犬坐在石头上，黯然神伤。忽然，他看见远处有一对老狼夫妇，互相依偎着、喘息着，艰难地沿着哈敦家族的狼道前行。他认出那两只老狼就是他的爷爷奶奶哈敦一世和乌玛。巴雅尔想，走上前去和爷爷奶奶套个近乎，兴许能加入哈敦狼群。

刚走几步，巴雅尔忽然犹豫了。

对哈敦家族的狼群来说，他们的小八已经死了。对他自己来说，从前的巴雅尔也只活在记忆和传说中。他不需要同情和怜悯，而是需要重新建立信任和爱，做回自己。可是，怎样才能做到呢？

巴雅尔站在高高的山脊上，看到远处有一支行走沙漠的商业驼队。驼队有几十匹骆驼，驮着一些货物。因为到了额仑山脉南部的山谷，天气又很炎热，所以驼队卸下了货物，在阴凉的山谷里休息。拉骆驼的商人也喝了酒，支起简易的遮阳帐篷，进入梦乡。

巴雅尔歪了歪脑袋，思忖了一下，就走到驼队歇息地的边缘。他发现有一匹年轻的骆驼贪图阴凉和青草，到了离驼队较远的一处崖坡歇息。巴雅尔跑到这匹骆驼面前，叼起牵骆驼的缰绳，使劲地拽着骆驼走。骆驼刚开始有些惊诧：怎么换了一个这么矮小的主人？但是，千年的驯化让它不得不服从鼻子上的缰绳，服从拉缰绳的主人，无论那个主人是两脚兽还是四脚兽。

对狼群来说，无论是牵骆驼还是牵牛牵马，他们都司空见惯，但都觉得那是人类的财产和专利。没有哪只狼有智慧和定力，敢在人类的视野里，牵着一匹骆驼大摇大摆地上路。但是，在人类牧区的流浪狗领地里长大的巴雅尔，丝毫没有狼群的狐疑和胆怯，他有板有眼地牵着骆驼，连跑带颠地走到老狼夫妇的身边，再使劲地扽着缰绳，让骆驼蹲下来，示意老狼夫妇登上驼峰坐着。

老狼夫妻几乎惊掉下巴，连连后退，莫名其妙地看着巴雅尔。

巴雅尔嘴里叼着缰绳，不断地向爷爷奶奶点头示意，请他们登基一般地坐上驼峰。

老狼王哈敦一世左右环顾，四周打量，见没有任何的危险和人迹，这才和老伴战战兢兢地坐到驼峰中间，一前一后地趴着。只见小狼巴雅尔不慌不忙地叼起缰绳，沿着哈敦家族的迁徙狼道，颠儿颠儿地跑。直到这个时候，老两口才体会到什么叫舒服和惬意，人类为什么要驯化马和骆驼，原来这东西坐上去像驾驭云彩一样，有一种晕晕乎乎的上天的感觉。镇静下来之后，老狼王才打量起巴雅尔，觉得似曾相识，便与老伴乌玛交换了一下眼神，觉得这孩子就是救过他们家族的那个高傲的少年狼。但是怎么忽然间变成断尾豁耳的模样了？他一定是想加入哈敦狼群，被狼群拒绝了，才想到这牵骆驼的招数。然而能想到这招，也是狼中精英了。

老狼王哈敦一世用一只独眼赞许地望着巴雅尔，说："孩子，我信任你，加入我们家族的狼群吧。"

巴雅尔早就等着爷爷奶奶的这句话。但是，他没有表现出大喜过望的样子，只是卖力地牵着骆驼，紧咬着缰绳，做一个尽职的仆人。

傍晚的时候，巴雅尔牵着骆驼，终于追上了哈敦家族狼群的迁徙队伍。

狼群万分惊骇。他们的第一反应是包围骆驼，极其紧张地用疑惑的眼光盯防着巴雅尔。同时，几乎每只狼都贪婪地打量着年轻健硕的骆驼，嘴里流着口水。

但是，没有狼敢擅自行动。哈敦狼群的等级和管理极其严格。白脖狼王莫名其妙地望着坐在驼峰上的父母，又诧异地看着牵骆驼的巴雅尔。

哈敦一世老两口喜滋滋地对巴雅尔说："孩子，到了，让我们下来吧。"

巴雅尔将牵骆驼的缰绳收紧，又往地上使劲地扽了几下，骆驼居然非常听话地蹲了下来。哈敦一世老两口缓缓地下来，仿佛是从高高的王座上降临。这一幕让狼群目瞪口呆。草原上的狼谚万万千，可形容眼下局面的狼谚却没有。有一只老母狼曾经在袭击蒜头王家羊圈的时候，急中生智牵过马。但一跳上马背，马就惊了。为什么这骆驼就这么听话呢？狼群只有愕然，疑惑不解。

巴雅尔倒是非常镇定。当哈敦一世夫妇下了驼峰，他便不声不响地将骆驼牵到一旁，把缰绳绕在一块石头上。他自始至终唯唯诺诺，像个乖巧的仆人或者保姆。

白脖狼王把父亲哈敦一世和母亲接到一旁，母狼托娅也凑了上来，一家人火烧火燎地商议起来。老狼王说：“这孩子太聪明了，已经救了我们两次，留下他吧。”母狼托娅眼含泪水，说怎么看都像她的孩子小八。白脖狼王却摇着头说：“狼谚说，经历生死，就是兄弟。他已经救过我们两次了，按说留下他没有问题。但是，他这么聪明，让我非常担心。如果他的血统不是哈敦家族的，那我们的未来就有灭顶之灾！”

犹疑之际，一家人再次把目光投向巴雅尔和狼崽子们。

巴雅尔没有第一次见面时的傲气和冷酷，他低眉垂眼，静静地趴在狼群的边缘，舔着自己的爪子，等待着狼王的裁决。而哈敦家族的狼崽子们却粗野地跳来跳去，围着骆驼和巴雅尔不断地挑衅。巴雅尔的断尾和豁耳，实际上已经决定了他的地位：一个自卑残缺的少年，未来很难得到母狼的垂青和狼群的拥戴。尽管如此，白脖狼王还是有些不放心，大声地问：“嗨，小子，你到底叫什么名字？”

巴雅尔怯怯地走到狼王的面前，谦恭地说：“我不是你们的小八，也不是流浪狗巴雅尔，我的真实名字叫阿兰，腾格里赐给我的最擅长的工作是保姆兼书童。所以，勇敢伟大的王，请允许我留下，照顾哈敦爷爷和乌玛奶奶，为他们牵一辈子的骆驼……”

狼群哄然大笑，众狼紧绷的神经瞬间放松。仔细望去，这个叫阿兰的狼崽子的确有一点书卷气，虽说断尾和豁耳极其影响一只公狼未来的形象，但是，这种气质也让狼群觉得有安全感。一瞬间，白脖狼王也释怀大笑。其实，他内心最阴暗的深处，有一个声音提醒他，这个孩子如果拥有哈敦家族的血统，等他长大的时候，以他的聪明加上体魄，就会对自己的王位发起挑战。狼争夺王位时可不讲什么父子亲情。何况，如果他真的是小八，也对不起为小八死去的七个骨干狼兄弟。

在狼群的哄笑甚至是嗤笑中，这只叫阿兰的狼崽子走到老狼王而不是白脖狼王的面前，翻身亮出柔软的小嫩肚皮，亲吻着独眼老狼王的老寒腿。狼群又是一阵大笑。他们笑阿兰不知道效忠年富力强执掌权柄的白脖狼王，却去效忠一只行将就木的老狼，还要亲吻他麻秆儿一样的老寒腿。这真是太傻了，太可笑了！这意味着，小狼阿兰从此真的就是一只照顾老狼的保姆狼了。而且这个身份等级，在哈敦家族狼群里不会轻易得到改变。换句话说，当保姆就是自断前程，将今后晋升更高等级的台阶和窗口关闭了。如果这保姆是一只体贴识趣的母狼，还有魅惑公狼成为王后的可能，而如果是只唯唯诺诺干杂活的小公狼，那只有当一辈子仆人的命。

白脖狼王和母狼托娅都觉得这个阿兰不可理喻，傻得可怜又可爱。于是，他们苦笑着摇摇头，望向父亲哈敦一世。

哈敦一世和妻子乌玛也笑得合不拢嘴，他们朝儿子儿媳点点头，十分感谢他们赐给老两口一只乖巧聪明的保姆狼。然后，老狼王哈敦一世将自己的前腿——一条毛皮斑驳的老寒腿，搭在小狼阿兰的肩膀而不是脑壳上。小狼阿兰摇着尾巴回应，再次亲吻着老狼王的腿和脖颈。老狼王哈敦一世告诉阿兰："虽说你愿意照顾爷爷奶奶，但是，毕竟我们老了，我把你介绍给我的老哥们儿福柯。他刚刚从骨干狼的位置上退下来，但在外围的战斗中可以带着你，教给你一些作战知识和狼群规矩。"

老狼福柯走上前，见过阿兰，互相碰了碰鼻子，算是认识了。

阿兰偎进老狼王哈敦一世的怀里，哈敦一世夫妇抚摸着他，比亲孙子还亲。老两口没有想到，在狼群虎视眈眈地觊觎骆驼的时候，阿兰居然提出愿意一辈子给自己牵骆驼，这就使得觊觎骆驼肉的狼群有了忌惮。狼崽子们早围着骆驼急不可耐了，狼群也走了几天的路，饥肠辘辘，只要狼王一声令下，群狼瞬间就能把骆驼肢解。但是，现在骆驼成了哈敦一世的坐骑，狼群和狼王便不好意思杀骆驼吃肉了。

"这孩子真是仁义啊……"老狼王对妻子说。

妻子却悄悄地回道："狼谚说，低调长寿。"

巴雅尔却在心里庆幸：终于过关了，可以活下来了。

哈敦狼群的晚饭还没有着落。他们昼伏夜奔，已经多日没有进食。原本觊觎骆驼肉的狼崽子们此刻又开始喊饿。派出去侦察的外围狼向白脖狼王报告说，不远处的山坳里，有大型食草动物鹅喉羚的群落。鹅喉羚也叫长尾黄羊，长着一对长长的尖尖的犄角，由于生活在干旱山区和沙漠地区，十分机警敏感。如果不是狼群集体围猎，鹅喉羚的奔跑速度让狼死的心都有。哈敦狼群决定出击，围捕鹅喉羚。这种大型猎物，两只就够整个狼群饱餐一顿。

在哈敦家族的狼群出发前，狼王照例要举行臣服仪式。每只参加狩猎战斗的狼，都要跪伏在白脖狼王的面前，伸出头，接受狼王的抚摸。抚摸的次序也有严格的规矩。战斗力最强的骨干狼阿图姆是第一个。他之后，才是其他的骨干狼。骨干狼之后，是刚刚退休的外围狼，比如老狼福柯。

既然老狼福柯决定参加战斗，接受了臣服的仪式，巴雅尔也好奇地跟在福柯后面，战战兢兢地走向白脖狼王。

白脖狼王问："你真的想参加战斗？"

母狼托娅说："你是保姆狼，还是个孩子，按规矩，可以不去。"

巴雅尔的目光瞥向老狼福柯，又朝哈敦一世看了看，意思是：既然爷爷奶奶把他交给老狼福柯，那么，师父出征战斗，他也不能游手好闲。

白脖狼王点点头，微闭着眼睛，将一条前腿摁在巴雅尔的脑门上。一股摄取魂魄的巨大力道，忽然从巴雅尔的头盖骨灌入，像针刺一样的麻木沿着脊椎抵达坐骨神经。按照狼群的规矩，这个时候的臣服狼应该配合狼王，不但不能抵抗狼王的力道，还要配合狼王，主动地交出自己的魂魄。但是，巴雅尔不懂这些。白脖狼王摄取魂魄的力道一来，他觉得大脑一阵昏眩，脊椎神经“嗖”地一下，像是被冰冷的鞭子狠狠地抽了一鞭，便本能地下蹲，脱开白脖狼王摁在自己脑壳上的狼爪。

白脖狼王一怔，露出凶狠的犬牙，向巴雅尔发怒。

巴雅尔也茫然不解。“你凭什么要摄取我的灵魂？”

巴雅尔的动作，在狼群的语言里意味着拒绝和背叛。

母狼托娅立即靠向巴雅尔细长瘦弱的身子，稳住巴雅尔的心神，对白脖狼王说：“阿兰这孩子太小了，扛不住你的力道。别说是他，就是咱们的孩子也扛不住啊！”

众狼也哈哈大笑，笑保姆狼阿兰不自量力。

巴雅尔的身子依然在发抖。一股劫后余生的恐惧让他颤抖不已。狼群的臣服仪式原来是狼王在收集灵魂，太可怕了！幸好母狼托娅替他解了围。

白脖狼王转而也大笑起来，带着第二等级的骨干狼和第三等级的外围狼上路了。

在巴雅尔神情恍惚之际，母狼托娅闪电般跑到队伍最前列，跟在丈夫白脖狼王的后面，其他的狼依次纵向前进。狼谚说，下雨先起风，感恩要及时。巴雅尔想跑到前面向母狼托娅致谢，刚起步超越前边的老狼福柯，就被福柯撞了一个趔趄。福柯凶巴巴地示意他，必须跟在自己的后面。而巴雅尔注意到，一路上，每只狼都行走在一条直线上，按照等级和地位前后排列，不敢僭越一步。

走了一会儿，前方传来狼王的口令，发现了鹅喉羚群。于是，最前方的骨干狼群立即将一字直线的行军队形，改成扇形的攻击队形。最前面的依次是狼王、狼后、骨干狼中的左右护法。四只狼带着四路纵队，组成扇形包围圈，俯身朝猎物悄悄地进发。

羚羊类的嗅觉和在夜晚的听觉比草原狼灵敏。稍有动静，鹅喉羚中的雄性就惊觉起来，竖起长长的耳朵，判断威胁来自哪个方向。巴雅尔的位置在狼群序列的最外围，因为地势较高，所以在暗夜里也能看见整个战场的局势。他发现，几只雄性大鹅喉羚在雌性和幼崽的外围警戒。狼群从一个方向呈扇形向鹅喉羚包围过去。如果雄性鹅喉羚发现狼群，叫一声，鹅喉羚群会马上朝相反方向逃跑，那么狼群追捕成功的机会将大打折扣，甚至无功而返。但是，如果打破规矩，分出一支奇兵爬到鹅喉羚的上方，甚

至是绕到后方，前后夹击，那么成功的机会几乎是百分之百，猎获也会更多。于是，巴雅尔忍不住往前冲，试图绕到鹅喉羚群的后方，但是刚跑几步就被福柯拦住，咬住耳朵。

巴雅尔疑惑不满。

老狼福柯悄声警告巴雅尔："保姆阿兰，听好了，任何时候，任何情况下，都不许超过我。永远跟在我的后面，至少是一个肩膀的距离。你如果敢僭越，我就执行哈敦狼群的家法，咬死你，或者交给狼王处理。"

巴雅尔不服，将目光投向鹅喉羚群的后方，辩解着："但是，但是……"

"没有但是！老实点！"老狼福柯似乎对整个战场的形势漫不经心，狼群进攻的时候，他在原地呐喊，嘴巴东叫一声西叫一声，看似声援，实则敷衍，除了在战斗中贡献空洞的呐喊别无他用，眼睛却始终盯着下属阿兰是否逾规。等到第一等级的头狼和第二等级的骨干狼围猎到两只鹅喉羚后，老狼福柯立即跑到跟前摇着尾巴，不断地点头哈腰，围着头狼开始了赞美："哦，您是长生天赐给哈敦家族狼群的神……您不但有狼的勇敢，还有狐狸的智慧和雄鹰的谋略……今天的狩猎真的太精彩了，您纵身一跃，咬住猎物的喉咙……"

有骨干狼嘲笑老狼福柯："现在是黑夜，哪来的纵身一跃？是头狼伏击，先咬住猎物的蹄子，再将它撂倒，然后才锁住喉咙。”

老狼福柯讪笑几声，说自己真的老了，眼神不济了。“但是……”老狼忽然一本正经地发誓，“头狼这一招确实厉害，我以我七次被闪电击中、两次被套马杆扫倒的荣誉起誓，这个招数绝对可以进入教科书，作为经典案例教育后代。”

白脖狼王和骨干狼已经习惯把福柯的赞美当成餐后的甜点了。他们吃饱喝足之后，福柯便大呼小叫地招呼外围狼，把猎物抬回狼群的宿营地，而他在外围狼忙碌的时候，趁机捡一点散碎肉渣，快速地吞进肚子里。高等级的狼群视而不见，算是对老福柯贡献赞歌的奖励。按照等级规矩，外围狼必须将猎物抬回营地，让狼崽子和老狼王哈敦一世夫妇吃完之后，才能轮到他们。因为猎物很少，群狼众多，巴雅尔连拖带猎物的资格也没有，这让巴雅尔十分不满。他跟在老狼福柯的后面，嘟嘟囔囔地说了一句：“其实，如果指挥得当，我们可以多捕获几只猎物的……”

回到狼群宿营地之后，哈敦家族的狼崽子们蜂拥而上，将狼群带回的猎物最肥美的部分吃掉，紧接着，哈敦一世夫妇才缓缓上前开始吃。而外围狼们则远远地趴在地上，无聊地用舌头舔着前爪的指甲，努力转移自己对肉食的注意力，忍着口水。母狼托娅始终惦记着那个自称阿兰的保姆。不知为何，她看到阿兰待在远处，心里便隐隐作痛。于是，她叼着一块肉，往保姆阿兰的方向走去。

巴雅尔见母狼托娅朝自己走来，急忙站起来，以示礼貌。

突然，老狼福柯喊道："亲爱的狼王，尊敬的哈敦二世，我要报告。狼群中有人有想法，认为您指挥不当……"

白脖狼王大怒。"谁？"

老狼福柯指着巴雅尔。"保姆狼阿兰！"

狼群愕然。母狼托娅也停下了脚步，叼着肉，气氛十分尴尬。

白脖狼王命令母狼："回去！"

母狼托娅将肉叼了回去。

白脖狼王举起自己的前腿，想惩罚大逆不道的巴雅尔。只要他拍向巴雅尔的头盖骨，巴雅尔的脑袋就会鲜血淋漓，脸上也会留下永远的伤疤；而如果拍向巴雅尔的肚皮，就会划破他柔软的肚子。

哈敦一世忽然咳嗽一声，高声吟道："雄鹰飞得再高，影子还在地上。"

哈敦一世的妻子乌玛也吟道："狼王再伟大，也是吃妈妈的奶长大的。"

白脖狼王听了父母的话，有些尴尬，于是放下了尖利的爪子，对巴雅尔凶巴巴地说："我没有收取你的灵魂就让你参加了战斗，你有想法，是我的错……但是以后，你如果不交出灵魂，就不能参加战斗。哈敦家族的狼群除了王，绝不允许其他狼有想法！这是我们额仑草原狼千年不变的规矩，是保证狼群团结一致共同对敌的法宝。滚吧，啃你的骨头吧，懦弱的家伙，没有出息的保姆狼……”

是夜，等巴雅尔可以进食的时候，只剩下了两副骨头架子。连骨关节的软骨都被外围狼吃得干干净净。他们带刺的舌头，甚至连骨头上残留的肉丝都舔得如同刷了三遍的铁锅。尽管如此，巴雅尔还是抱着骨头，含着泪水，用稚嫩的小牙啃着，试图从骨头缝啃出一点肉渣。但是，他只是一只少年狼，他的咬力尚不足以咬碎骨头。他只能像红狐博士当年在冬季做的一样，用细小的牙齿围着骨棒转圈咬，像钻头一样旋开骨头，这样才能吃到骨髓。这是个费力费时的工程。当哈敦狼群都入睡的时候，巴雅尔啃骨头的声音还在窸窸窣窣作响。有那么一刹那，巴雅尔想逃出狼群，恢复流浪汉式的自由和尊严。但是，他很快打消了自己的念头。这是自己选择的路，一切苦难都是成长中的磨砺。

黎明前的山坳，大雾弥漫，雾气遮住了狼群之间的距离。

巴雅尔啃了一夜的骨头，吃了个半饱不到。正想啃另一块骨头的时候，哈敦一世老两口从雾气中像神仙一样走出来。他们各自从嘴中吐出一块肉糜，给了巴雅尔，用温柔慈祥的眼神告诉他：吃吧，孩子。

天色大亮的时候，狼群发现保姆阿兰的面前堆满了骨头。几乎所有的狼都觉得阿兰混到这个份上，再不退出狼群，就是自甘堕落。

然而，阿兰的脸上没有流露出任何不满和沮丧。

他牵上骆驼，拉着哈敦一世夫妇，镇定地上路了。

六　狼道与王道

进入盛夏八月的额仑草原，在食草动物和食肉动物增肥抓膘的同时，各种花草植物也进入了繁殖季节：一场雨后，草原上忽然就红一片，紫一片，黄一片。各种花将每片叶子在整整一个夏天里收集的热量和希望，都托付给怒放的花蕾，让它们在即将到来的清爽秋风中招摇和炫耀。金黄色的金莲花，是额仑草原上最招摇放浪的花儿，盛开的大片金黄像一道道金灿灿的霞光。秋风拂过，花蕊上的金粉随风而去，满世界寻找授粉的伴侣。除了野性勃勃的金莲花，还有红色的山丹花、紫色的矢车菊和柳叶菊，最夺目的是深紫色的蓝刺头和浅紫色的塔娜花。而那些缺乏竞争力的花卉，为了争夺生长空间，纷纷争奇斗艳，吸引蜜蜂和花蝶为它们传宗接代。

哈敦家族的狼群重回额仑草原，在山脉上俯瞰着久违的壮美景色，感慨万千。

是夜，哈敦家族狼群此起彼伏地仰天长嚎，将声音传到整个草原，向所有的额仑狼群宣示：我们回来了！

周围山脉各个家族的狼群也回应着嚎叫，意思是说：知道了，你们还是额仑草原的王，有任务请发号令。顺致狼王夫妇及哈敦一世大人好。

蒜头王家的灯忽然亮了。

蒜头王一家听到了久违的近在咫尺的狼嚎。当然，他们听不懂狼群的家族语言，以为是另外的狼群，贸然搬到他们家营地附近的山脉。大蒜和二蒜很担心狼群再次给他们家的羊群找麻烦，但蒜头王这回狡黠地嘿嘿冷笑着说：“就怕狼群不来。孩子们，蒜头妈，咱们和羊粪牛粪，和蚊灾雪灾打交道的苦日子，就要到头了，收了今年秋天最后一茬的苜蓿草，咱们就要当工人了，哈哈……”

哈敦狼群回到额仑草原的第二天，白脖狼王夫妇就和骨干狼群分头出发，到他们的传统领地，用尿液和体毛去标记地标，遇到越界的狼群，还要驱赶甚至咬杀。这是一项非常耗时费力的工作，在哈敦家族狼群远走他乡、避祸消灾的这段日子里，其他家族的狼群已经趁机侵入了猎物丰富的哈敦家族领地。

狼没有与其他狼共用一个餐桌的习惯。

两天两夜之后，白脖狼王夫妇和骨干狼群还没有回来。五个半月大的狼崽子们已经坐立不安了。他们习惯了等待食物和宠爱，也习惯了让老弱病残的外围狼看管和打闹。他们像代谢奇快的半大小子，吃得多，拉得快，一刻都不消停，身体每天都在成长……现在，他们永远填不满的胃口在饿了两天两夜之后，盯上了巴雅尔的骆驼。

巴雅尔牵着骆驼，让它在山坳里吃草。

巴雅尔望着额仑草原和远处葱郁的森林，正在出神。八月的热风，挑起了他思念的心绪。他眺望着天空中飞翔的金雕，猜想着哪只金雕是他的朋友塔塔尔。他细听着风掠过草叶的窸窣低语，怀念着老师红狐博士絮絮叨叨的教学。亲爱的额仑草原啊，我的养父老獒王脱脱还在对他闪闪发光的餐盆恋恋不舍吗？养母獒母花花如果知道她引以为傲的青年才俊巴雅尔，已经堕落成“保姆阿兰”，还会宝儿宝儿地叫着爱他吗？

巴雅尔的悲伤一阵阵在心头涌动。

就在巴雅尔感伤落泪的时候，七只狼崽子呼啦一下子，围上了正在吃草的骆驼。骆驼似乎还没有意识到，自己不仅被盛进了狼崽子们的餐盘，还被当成了餐桌。它优雅地抬起头来，慢慢地咀嚼着，与狼崽子们打着招呼。狼崽子们却露出凶相，龇牙咧嘴，用贪婪的目光撕扯着骆驼的肉。

巴雅尔倏然一惊，急忙跳到骆驼的前面，朝狼崽子们喊着：“慢！慢着！”

狼崽子们处在狼群的第一等级，一向骄横惯了，连外围狼都会对他们礼让三分，所以对保姆阿兰的阻拦更是不耐烦。他们对阿兰低吼着：“让开！不然，我们就对你不客气。”

巴雅尔忙说：“我不反对你们吃掉骆驼，我知道你们饿了。但是，在开饭之前，请各位等一等，回答我一个问题，就像我们狼族在有了大的猎获，在开饭之前，向圆圆的月亮神齐声颂祷，感谢长生天赏赐我们食物一样。”

狼崽子们忽然怔住，好奇心战胜了一时的饥饿，忙问：“什么问题？”

巴雅尔问：“井水里有鱼吗？”

狼崽子们说：“没有。”

巴雅尔问：“为什么？是井水不愿意接纳鱼儿，还是鱼儿不愿意在井水里游泳？”

狼崽子们吱吱呀呀地讨论了半天，觉得思想这东西太麻烦，很头疼，不如不思不想、大快朵颐来得痛快。于是，他们的目光重新盯上了骆驼。

巴雅尔又赶紧说道：“咱们来个简单的，有意思的，你们都做过梦吧？”

狼崽子们说，都做过。

巴雅尔盯着狼崽子的眼睛，神秘兮兮地问：“是你们进到梦里，还是梦进到了你们的脑子里？”

狼崽子们忽然觉得这个问题有意思，因为不是每只狼都见过井水和鱼儿，但是，每只狼都做过梦。他们努力地回忆着，到底是自己走进了梦，还是梦走进了自己。回忆的时候，梦里的画面一幅幅插进脑海，狼崽子们分辨不清到底是梦进了自己的脑子，还是自己进了梦里。想着想着，狼崽子们的食欲被乱纷纷的思绪抑制住了。胃肠里的血液冲到大脑里，一时忘记了吃骆驼肉这件事。

时间飞快地流逝，正午的阳光开始偏西。巴雅尔心急如焚，盼望狼王夫妇和骨干狼群赶回来。

“亲爱的少爷小姐，你们好啊，你们在讨论骆驼肉是不是天下最好的美味吗？”老狼福柯忽然出现了，他流着口水，看了看骆驼，说，“哦，老朽上一次吃骆驼肉还是在好多年前。记得有一只机智勇敢的狼，在高大的骆驼面前打滚，装肚子疼，引起骆驼的好奇，就弯下脖子想看个究竟。结果，那只狼趁机咬住了骆驼的脖子，吊在上面跟着骆驼跑了几十里的路，才将骆驼制服。骆驼的肉肥美甜腻，只记得大冷天里，吃得浑身燥热，好想谈一次轰轰烈烈的恋爱……狼谚说，宁愿被马倌抽上一百鞭，也要吃上一顿骆驼肉。”

福柯流着口水讲的故事，把狼崽子们从关于梦的思考中唤了回来，重新激活了他们的贪婪和食欲。他们再次包围了骆驼。

巴雅尔忽然跳上一块石头，居高临下地威胁七只狼崽子，并不断地警告他们：

“这是爷爷奶奶的坐骑。你们不能只顾吃肉而罔顾狼的伦理和阶级。”

狼崽子们有点犹豫，望向老狼福柯。

老狼福柯点头哈腰，谦卑地对狼崽子们说：“少爷小姐们，狼以食为天。狼群中，狼崽子又是天。父母饿着也要喂饱你们。对此，你们应该很习惯了。至于像老朽这个年纪的狼，即使从前是王，也要让着孩子们。我们的胃一半靠咀嚼食物，一半靠咀嚼岁月。我们已经习惯从腐肉中吃出鲜活的境界，从残羹冷炙中学会感恩，把苦日子过成好日子……至于你们该不该吃眼前的骆驼肉，老朽没有意见，一切都由少爷小姐们做主。”

老狼福柯的话音一落，两只狼崽挡住巴雅尔，其余五只狼崽围上了骆驼。

既然狼崽子是天，就没有什么可顾忌的了。

哈敦家族的狼崽，比科勒家族的狼崽足足大了一圈。一是因为白脖狼王的基因强大，二是因为整个狼群帮助母狼托娅喂养狼崽，他们营养充足。现在的巴雅尔由于营养

不足，原本高于哈敦家族狼崽的体重，现在几乎和他们一样了。同时，哈敦家族的狼崽由于集体玩耍，还有各位长辈的陪伴，已经有了很强的集体狩猎意识和战术分工。当巴雅尔阻挡他们的时候，两只和巴雅尔差不多大小的狼崽子死死地拦住他，由另外五只进攻骆驼。但是，由于骆驼太大太高，狼崽子们蹦跳了半天，也没有找到下嘴的地方。巴雅尔不禁有些许得意。

关键时刻，老狼福柯朝狼崽子们使了一个眼色，朝山坡上方歪了一下嘴巴。

五只狼崽马上心领神会，齐齐地登上骆驼上方的山坡，然后龇牙咧嘴地边朝骆驼攻击边嚎叫。骆驼大吃一惊，只好朝山坡下面跑。狼崽子们紧追不舍，迫使骆驼越跑越快，终于被一块石头绊倒，轰然倒下，摔个半死。狼崽子们一拥而上，锁喉的锁喉，掏肛的掏肛，不一会儿，骆驼就没有了气息。

巴雅尔情急之下，悲愤地嚎叫起来，将哈敦一世夫妇和老弱病残的外围狼都招呼过来。但是，已经晚了。狼崽子们小小的嘴巴已经吃得红红的，而老狼福柯也蹲在骆驼巨大的身体下面，偷偷地吃着驼峰。那里的脂肪最多，是驼肉最宝贵的地方。

独眼老狼夫妇叹了一口气，将悲伤的巴雅尔拥在怀里。

巴雅尔嘤嘤地哭着，抽动着瘦弱的肩胛骨。老狼王的独眼里也流下浑浊的泪水。

“不是你的错，阿兰。你已经做得很好了。”

“是的，孩子。我们已经很感激了。”

老狼乌玛也安慰着巴雅尔。

午夜时分，当月亮洒下一片霜白，将额仑草原照得如同白昼的时候，白脖狼王才率领着骨干狼群返回岩洞营地。他们个个神情紧张，疲惫不堪，似乎遇到了无法抵挡的意外之灾。狼王夫妇本以为狼崽子们已经饿得嗷嗷直叫，却看到巨大的骆驼居然被幼崽们放倒杀死。白脖狼王哈哈大笑，忙问狼崽子们是如何杀死这么大的骆驼的。狼崽子们立即吱哇乱叫，纷纷向父亲显示自己的能耐。白脖狼王越听越高兴，夸了这个又夸那个，不仅没有批评他们，还昂首高叫：“万能的长生天啊，额仑草原有希望了，哈敦家族的狼群又增添了新的战士！谁说草原即将毁灭？谁说四轮兽不可战胜？”

原来，在巡查草原领地的时候，白脖狼王夫妇和骨干狼遇到了两脚兽，他们坐着四轮兽，在草原上肆意追赶着各家族的狼群和幼崽，等追到狼群精疲力尽的时候，便开枪射杀！这次的四轮兽不是一只，而是两只。此外，还有十只巨大的没有脚却有履带的钢铁巨兽，轰鸣着，喷着黑黑的烟儿屁，将草原最肥美的草场翻了个底朝天，露出千百年前的黑土。草原鼠、长腿兔、旱獭和其他啮齿类动物，从蜗居千年的寝室里被半米深的铁铧犁翻到地面，恍如睡梦中被飓风掀翻了屋顶和被子，赤身裸体地暴露在阳光下，引得流浪狗、金雕、猫头鹰和燕隼纷纷抓捕，喧嚣一片。但是，狼群知道，这是毁灭的兆头！好在钢铁兽只是翻了一小块试验田。如果到了秋天，天气干燥，草场收割完毕的时候，草原大概就会被大面积地毁灭了。哈敦家族的狼群刚一露头，就被狩猎者发现，他们坐着四轮兽，沿着山脊不吃不喝地追赶。哈敦狼群为了家族的安全，朝沙漠的边缘跑去，将狩猎者引向远方后才折返回来。所以，他们的肚子也是瘪的。当狼崽子们邀请狼王夫妇共进夜宵的时候，白脖狼王和母狼托娅立即将最肥美的两个驼峰据为己有。

巴雅尔受不了了！他和老狼王哈敦一世夫妇都没有吃一口骆驼肉。此刻的他，悲伤加上饥饿，心理已经十分脆弱，极易激动。当白脖狼王的大嘴巴伸向骆驼的时候，他脱口喊道："王，请想好了再吃！"

狼群一开始有些愣然，当听到是保姆阿兰的声音，又发出轻蔑的嗤笑。

狼王夫妇从保姆阿兰的眼睛里看出了愤怒和不满。这时候，他们忽然想起这匹骆驼是阿兰牵来的，是老父亲和老母亲的坐骑。看在父母的分上，他们停止了进食，给阿兰一个讲话的机会。

巴雅尔冷冷地说：“未经爷爷奶奶和您的同意，狼崽子们擅自虐杀老王的坐骑充饥，应该受到王的责罚。而您不但没有责罚，反而表扬他们，有失狼道和王道！”

保姆阿兰的冷傲镇定，让白脖狼王想起了第一次见到巴雅尔的样子。他觉得很没面子，如果不能说出道理来，怕是连自己的父亲母亲都瞧不起自己。于是，他按下一口咬死阿兰的怒火，恨恨地说：“狼王可以为孩子们去死，因为他们是狼群的未来！尽管我们也有照顾老弱病残的传统，但绝不会为了过去牺牲未来。这是自古以来的狼道！延续自己的生命基因，让自己的子嗣强大而拥有权力，这是千年不变的王道！今天的额仑草原形势险恶，狼群的生死存亡遭到了巨大的挑战，更需要哈敦家族的嫡亲子嗣的强壮和勇敢。不指望他们，难道指望你吗？一个甘当保姆的阿兰？！”

白脖狼王的吼声震得岩洞嗡嗡作响，狼群沉默无声。

众目睽睽之下，巴雅尔，不，保姆阿兰却镇定自若，依然一副冷漠高傲的模样。

“我并不这样认为……”

白脖狼王简直怒火中烧，狼群也目瞪口呆。因为从来没有保姆狼顶撞狼王的先例。你可以用死亡和勇敢向狼王挑战，但不能用语言来反对和冲撞狼王的权威，除非不想活了。狼群的老老少少都大气不敢出，有的甚至闭上了眼睛，怕看见白脖狼王在瞬间爆发，朝保姆阿兰的脖子狠狠地咬下去，用尖锐的犬齿刺进他的喉咙。

“战胜草原上的险恶，帮助哈敦家族度过艰苦生活的，一定是信任和爱，一定是勇敢和智慧……”

白脖狼王和托娅怔住了，互相对视了一眼，因为那是他们曾经对小八说过的话。

“尊重长辈和照顾老弱病残，不是强者对弱者的恩赐，而是对生命的热爱和敬畏。正因为有了他们昨天的爱，才有今天的你们；爱他们，就是让孩子爱未来的你们。正是这样的爱和温暖，才能让狼群互相拥抱取暖，得以活下去。如果是仇恨和报复、战争和流血，只会让狼群无限地接近死亡，分崩离析！今年的金莲花刚刚开遍原野，芍药花落英满地，山菊花还没有来得及开放，哈敦家族的狼群就连死带伤，损失了一半战力！你敢说，这不是你决策的失误，让嗜血的仇恨蒙蔽了智慧的双眼吗？”

白脖狼王不知道是愤怒还是悲壮，仰天大叫，震得星云几乎都在颤抖。

母狼托娅也在惊喜之间，转换了上百种表情，最终泪流满面。

父母曾经给儿子的智慧和爱，却被儿子铸成刺向自己的剑。做父母的虽说气得五内俱焚，却丝毫激不起杀机和仇恨。

狼群却愤怒了。尤其是老弱病残的外围狼，更加怒不可遏。狼王夫妇居然允许保姆狼阿兰侃侃而谈，没有痛下杀手。是可忍，孰不可忍。

老狼福柯首先站出来，痛苦万分地向狼王夫妇检讨，说都是自己管教不严，本来老狼王哈敦一世委托自己做保姆阿兰的师父，哪知道这个小子居然敢挑战延续千年的狼道和王道，请狼王降罪责罚。

说着说着，老狼福柯忽然话锋一转，厉声朝狼群喊道："保姆阿兰身份低微，本应对哈敦家族的收留感恩戴德，对狼群赏赐的食物心存感激，对我们尊敬的王言听计从。但他却胆大妄为，小小的年纪就妄图挑战王的权威和荣誉，实属罪该万死！"

群狼对老狼福柯的谴责纷纷表示赞同。更有一只年迈老狼痛心疾首地总结道："额仑草原形势险恶，今后对新加入的孤狼必须严加审查和考验。尤其是那些看上去卑微弱小的狼崽，谁知道在外面沾染了什么恶习，加入过什么不良团伙，受过怎样邪恶的灵魂的洗礼。一旦发现苗头不对，立即处死。处死之后，还要悬挂在岩石上，接受风吹雨淋，让岁月和狼群鄙视的目光剥去背叛者的皮毛，露出邪恶的本质，让狼崽子们永远记住狼群的规矩和教训！"

巴雅尔怔住了，身体僵木，像石像一般。

开始的时候，他有些懵，心想是长辈们误解他了，是他的表达不够清晰。他们怎么会要求处死给他们争取福利和爱的晚辈呢？听着听着，巴雅尔开始脊骨发凉，头皮发麻，整个身子好像掉进冰窟窿里。他绝望了，疑惑不解地翻着白眼，悲伤欲绝地瞥向那些戏精般的老狼，心想：如果这就是狼群的生存之道，那么活在这个群体里便如同蛆虫，心灵龌龊，阴暗叵测。谁讲逻辑，谁讲真理，谁就会被处死，而自己肯定是最早死去的那一个。

与其苟且地活，不如悲壮地死，况且早晚都是死。巴雅尔想到这里，反倒平静了。他摇摇头，淡然地说道："处死我吧，王。感谢你，给了一只保姆狼谈论爱的机会。我知道，这在哈敦家族狼群是第一次，也可能是最后一次……"

巴雅尔忽然抹去悲伤，深情地说道："既然如此，那就做一次死亡的告别。我的生母告诉我，只有有了爱和信任才会活下去；我的养母告诉我，只有拯救生命，天堂才会有楼梯；我的老师告诉我，万物有灵，生生不息。他们都是最爱我的，不会骗我。因此，如果有缘，我们还会在另一个世界见面。那个时候，我们再来谈论爱，我敢打包票，不会招来杀身之祸，更不会失去自由……"

白脖狼王面如死灰。母狼托娅放声大哭。

老狼福柯见此情景，急忙朝巴雅尔喝道"胡说"，眼神瞥向骨干狼们。按说事情到了这种地步，骨干狼尤其是狼王左右的护法应该心领神会，立即上前将保姆狼阿兰咬翻，替白脖狼王执行家法。但奇怪的是，狼群中仅存的七八只骨干狼没有像老狼福柯那样愤恨不已，声嘶力竭。他们虽然对巴雅尔的举动也疑惑不解，但他的话却让骨干狼们沉默不语。骨干狼大多是哈敦家族的表亲，也是第二等级的中坚力量，是离权力中心最近的狼。他们的沉默不语和按兵不动，让白脖狼王心里倏然一惊：今天的事情十分棘手！于是，他把目光投向自己的父亲——独眼老狼王哈敦一世。

老狼王哈敦一世一直不动声色静静观察，直到看到儿子求救的目光，这才咳嗽了几声。狼群顿时安静下来。

老狼王眨了一下独眼，嘿嘿笑了几声，语气轻松地说："大家说得不错，狼道和王道是规矩。是规矩，就得遵守。但是，保姆阿兰说得也没有错。问题是，他讲的是陈词滥调。陈词滥调就像你们身上的毛，年年都有，年年都掉，掉到哪里去了，只有风知道。哈哈，哈哈……"

狼群忽然解除了尴尬的气氛，都嘿嘿地笑了。

老狼王继续说："陈词滥调既不能让你们失去食物，也不能剥夺王的权威，充其量是书生意气，你们怕什么？狼谚说，黑乌鸦洗不成白天鹅。狗叫得再凶，也变不成狼。哈哈，哈哈……"

狼群大笑，彻底放松下来，一时雨过天晴。

老狼王又说："当然了，尽管是书生意气，毕竟倒了大家的胃口，耽误了你们吃骆驼肉。所以，我保证不会让这个小子再碍大家的眼，放心进餐吧，吃吧，吃吧。"

早已经饥肠辘辘的狼群扑向骆驼。

老狼王夫妇一边一个靠着巴雅尔，亲吻着他的泪水。

老狼王悄悄在巴雅尔的耳边说："跟爷爷到洞里面去。"

巴雅尔的大脑一片空白……

七　狼群的梦想

独眼老狼王夫妇将悲痛欲绝的巴雅尔领到哈敦家族狼群的世袭狼洞——一个画着关于人类狩猎和成长的岩画的洞穴。这里是巴雅尔的出生地，可惜的是，他眼睛还没有睁开的时候，就与母狼托娅仓皇逃窜，错过了哈敦家族狼崽们必修的童蒙课。现在，哈敦一世把孙儿巴雅尔领到岩画前，与他亲切地碰了碰鼻子，然后拿出一份珍藏的肉干，让被饥饿和悲伤击溃的巴雅尔吃下去。巴雅尔处于亢奋之后的虚弱中，大脑一片空白。哈敦一世知道，这孩子死也不会吃骆驼的肉，只能给他吃肉干了。吃了肉干，巴雅尔的体温慢慢地升了上来，僵直的身子也渐渐变得柔软。他依偎在哈敦一世夫妇的怀抱里，茫然而干涩的眼窝流出了委屈的泪水。

老狼王说："别哭了，孩子。见到你的第一眼，我就觉得你是年轻时的我。"

奶奶乌玛也反复蹭着巴雅尔的脖颈，说："我能证明，你一根筋认死理的倔强劲儿，像极了小时候的爷爷，简直是传说中的灵魂转世。"

老狼王问巴雅尔："为什么已经自由了，还要回来？"

巴雅尔说自己迷失了，想重回狼群找回自我。

"那么，你找到了吗？"

巴雅尔嘤嘤地啜泣着，讲了自己的经历和困惑：

"我以为我找到了爱，以为她是我的星辰大海，原来却是一场生离死别的误会；

"我以为我找到了自由，却从此走向了流浪草原的孤独和绝望；

"我以为智慧和理性可以战胜一切，却屡屡被粗鲁和野蛮打得遍体鳞伤；

"我以为善良和爱可以赢得一切，却一次次被谎言和虚伪出卖……"

老狼王夫妇急忙抚摸着孙儿说，不哭不哭。老狼王还嘿嘿地笑着，说："恭喜，恭喜啊，我的宝贝孙儿，恭喜你有了这样的成长经历。你知道吗？有多少狼想拥有丰富的生命体验，而他们的生活却乏味至极；有多少狼想经历生死离别，却平平庸庸地度过了一生，即使在梦里都找不到半点浪漫和激情。珍惜你的痛苦和经历吧，我的孙儿小八。你失去的，是一层像蝉蜕一样轻薄脆弱的壳。你得到的，却是一副成熟的盔甲和翅膀。它磨砺出一只成年狼追求梦想的意志，让你内心强大，不惧生死。”

巴雅尔羞愧地低下头，幽幽地说：“爷爷，请不要提我那不堪的过往。我惧怕过往，过往的轻浮和孟浪让我羞愧难当，手脚发凉。一想起来，再好的食物也会卡在嗓子眼里难以下咽。所以，我才将保姆阿兰作为新的身份，试图将过去斩断。但新的自我在哪里，要怎么做，我还一直在迷茫中。我想找到草原三杰的其他伙伴，让老师红狐博士和兄弟金雕塔塔尔出个主意，可他们却因为我恶名远扬，躲了起来……”

老狼王哈敦一世的独眼里，忽然流出浑浊的热泪，他仰望着洞外的星空，感慨万千地祷告着：“万能的无所不在的长生天啊，感谢您在额仑草原面临灾难，哈敦家族狼群也面临灭绝的时刻，赐给我一个出色的孙儿！他有狼之道、狐之智、鹰之谋，是实现狼群梦想的天才领袖。”

老狼王祷告完毕，告诉巴雅尔：“孩子，今天，爷爷将告诉你哈敦家族狼群的一个天大的秘密。”

老狼王领着巴雅尔来到岩画前，指着岩画说：“这幅岩画是两脚兽的人类早期刻画的，距今多少年不知道。在第一部分的岩画里，两脚兽站立起来，使用石器和投枪刺杀牦牛和猛犸象。到了第二部分，两脚兽进化到可以骑着马追赶狼群和虎豹，还驯化了狼群变成獒犬，帮助他们狩猎。到了第三部分，这些两脚兽就变成了骑士，用弓箭远距离地射杀狼群和食草动物。第四部分，就是两脚兽的人类骑着马，穿着盔甲追赶动物。他们前面已经没有大型食肉动物，比如虎、豹、熊等，也没有食草动物，比如羚羊、鹿等，只有拼命朝前逃窜的狼群……而狼群的前面是一道长长的高山沟壑，通过高山沟壑，就是一片原始草原。草原上有一条蓝色的大河，沿途形成无数的湖泊沼泽，那儿有狼，还有驼鹿等无数食草动物，就是没有两脚兽的痕迹……”

巴雅尔说：“红狐博士的书房里有桦树皮地图。这些地图显示，逃窜的狼群其实是奔向北方草原。从岩画上看，北方草原确实只有动物，没有人类，而且广阔无边。”

“哈敦家族狼群的每一代狼王都被前任告知，北方草原是狼群未来的家园。寻找蓝水河，是狼王最大的使命。哈敦家族狼群一旦面临生存危机，你说的北方草原才是狼群的真正归宿。但是，这个寻找新家园的梦想，没有哪个狼王能够实现。究其原因，无非是狼群熟悉当下，惧怕未知。额仑草原是狼群的传统家园，虽说两脚兽的人类与狼缠斗千年，但彼此又爱又恨，共同维护着草原的生态。然而现在不同了，两脚兽的人类已经进化出四轮兽。四轮兽不吃不喝，耐力和速度比狼还久还快。人类用四轮兽追杀狼群，用履带兽将草原开肠破肚，种植作物。食草的啮齿动物如鱼得水，但是，其他食肉动物和食草动物将面临灭绝之灾！额仑草原的狼群只能寻找新的家园，实现祖祖辈辈的梦想……”

老狼王哈敦一世殷切地看着巴雅尔。

巴雅尔听得有滋有味，频频点头，但是迎接爷爷目光的时候，却一脸茫然。对他来说，这像是一堂课，是一个老师描绘的遥不可及的未来愿景。他丝毫没有意识到，这个愿景和自己卑微的身份有什么关系。要是以前，他会在红狐博士的课堂上举手发言，但现在，他是保姆狼阿兰，是生死未卜的狼崽子。

老狼王哈敦一世碰着巴雅尔的鼻子，一字一句地说：“孩子，你、要、当、王！”

“什么？当……王？”

“是的。当、王！”

“为什么？”

“只有你当了王，才能领导狼群，实现寻找新家园的梦想。”

“我……怎么可能？”

前一刻还生死未卜，后一刻就梦想当狼王，这个弯转得太大。巴雅尔使劲地摇头，觉得爷爷对自己期望太高，会害死他的。自己从前自恃清高，受了不少羞辱。如果怀揣当狼王的梦想，一旦被狼王发现，即使那是自己的亲生父亲，自己也难逃一死。一个想法就能让自己大祸临头，而觊觎王位的追求一定会让自己死得更惨。

巴雅尔疑惑地问："您的儿子就是王，他为什么不可以实现狼群的梦想？"

老狼王长叹一声，说："他的灵魂里，只装得下仇恨、权力，已经装不下梦想了。"

老狼王哈敦一世说着，忽然咳嗽起来，一声接一声，震得洞穴簌簌地直掉灰渣。

巴雅尔急忙偎住爷爷。乌玛赶忙给丈夫抚背。

三只狼，爷爷、奶奶和自己的孙儿陷入沉默。尤其是爷爷忽然间苍老了许多，像被失望抽走了最后一丝生机。他缓缓地躺了下去，示意巴雅尔也躺下，爷儿两个眼睛对着眼睛。老狼王几乎是用腹音轻轻地说："孩子，看着我的眼睛。"

巴雅尔盯住爷爷的那只独眼。虽说是一只独眼，却忽然间迸发出绿幽幽的光，将巴雅尔的眼神吸了进去。巴雅尔心神一凛，本能地想摆脱，但看到爷爷大口大口地喘着气，瘦弱的肋骨急促地起伏，便放弃了抵御。于是，他的身心与爷爷融为一体，好像是在冥冥中，听到爷爷隐隐地说："孩子，我要告诉你另外一个秘密……"

爷爷的话大意是说，你知道那些老狼为什么想要处死你吗，即使你为他们争夺生存的权利和尊严？因为他们恐惧。每一次战斗结束后，狼王就会将收集来的灵魂还给每只狼。但在放还的时候，狼王都会恋恋不舍。因为他尝到了驾驭狼群和掌握灵魂的快感，尝到了权力浸透到每一个细胞的滋味，这都使狼王的生命活力倍增。所以，历任狼王都渴望让自己的基因覆盖更多的种群，他们渴望战争和制造恐怖，好让自己频繁地收集更多的灵魂。不知道从什么时候起，每个狼王都本能地练习一种功夫：在将每个灵魂放回去之前，在上面刻上一道浅浅的不易觉察的痕迹，在痕迹的缝隙里植入恐惧的意识，有时候还会在恐惧里再掺杂一点点感激，这样就更不容易被发现和觉察。时间长了，痕迹累积得多，狼就会在睡觉的时候经常被噩梦惊醒，出现盗汗、心律不齐和呼吸短促……只有见到了狼王，他们才会有安全感。只有将灵魂交给狼王，他们才会身心安定，以苦为乐，无怨无悔地冲锋陷阵……当初就因为我心慈手软，觉得在自己儿子的灵魂上刻上恐惧的痕迹太残酷，下不了手，放了你父亲一马。结果后来，爷爷正值壮年，只是在战斗中被戳瞎了一只眼睛，就被你父亲逼迫着夺走了王位。唉，他掌握权力太久，又被仇恨扭曲了心智，产生了认知障碍，所以，灵魂里已经容不下梦想了。

老狼王哈敦一世痛心疾首地告诫巴雅尔：

“记住爷爷的教训，你当了王，决不能心慈手软！”

巴雅尔听得心惊胆战，浑身发抖。一想到那些乱七八糟的灵魂，像一只只臭脚丫子，在自己脑海的意识流里游来荡去，又或者自己的灵魂被别的狼蘸着臭臭的口水，用牙刻下恐惧的痕迹，就已经是恐惧万分。

“不……我只想当自己灵魂的主宰……”

“有梦想，才能当灵魂的主宰。没有梦想，灵魂就是一只草原上的羊蹄子。”

“我讨厌羊蹄子，但也不想要别人的灵魂，那样太脏，太累，太沉重，爷爷……”

“唉，傻孩子，不收集灵魂，不集中王的权力，怎么实现狼群的梦想……孙儿，你在发抖？”

“我害怕，爷爷……”

老狼王哈敦一世忽然泄了气，独眼里的绿光渐渐地暗淡下去。

“长生天啊，难道哈敦家族要后继无狼，注定灭绝吗？”

老狼王的妻子乌玛连忙安慰他：

“不，不……这孩子还小还弱，胆子像豆粒大，肾气也不足。等他长到三四岁，像牛犊子那么大，到处撒尿圈地的时候，一定会渴望王的担当，渴望驾驭灵魂……”

老狼王无力地躺着，殷切地望着巴雅尔。

巴雅尔是懂事的乖孩子，为了安慰爷爷，只好点点头。

老狼王终于放心了，吐出游丝般的嘱咐："孩子，快逃吧……趁他们还在分食骆驼肉的时候……"

奶奶乌玛带着巴雅尔，从岩画狼洞的一个侧洞偷偷地溜了出去。等巴雅尔走得远远的不见了踪影，乌玛才缓缓地返回狼洞。猛地一抬头，看见白脖狼王夫妇高高地站在一块岩石上，眺望着巴雅尔远去的方向。乌玛奶奶讪讪地笑着，对狼王夫妇说："这孩子就是个当保姆的命，走就走吧，一只孤狼还不知道是死是活……"

母狼托娅哽咽着说："谢谢您。"

白脖狼王脸色阴郁，恨恨地"哼"了一声。"孽种！"

在夜色的掩护下，巴雅尔沿着山脊，一口气跑了一百五十多公里，穿过几个狼群家族的领地，终于在日上三竿的时候，逃回到额仑森林红狐博士的木屋城堡。城堡的门扉半开，上面缠绕着妖娆多情的藤蔓，城堡里面传出金雕塔塔尔高声朗读的声音。巴雅尔一头闯进红狐博士的城堡，晕了过去……

巴雅尔再次醒来的时候，已经是傍晚时分。他看见红狐博士和塔塔尔在给他扇风吹凉，并不断地往他嘴里灌博士自己配的迷迭香醒魂水。巴雅尔木然地望着亲爱的老师和兄弟，好像在梦中，只有欲哭无泪的表情，说不出话来。红狐博士忙让塔塔尔将一只足足有七八斤重的旱獭放在巴雅尔的面前，巴雅尔猛地扑上去，连毛带肉吞了大半只，吃完以后又晕倒了，昏睡过去。

巴雅尔吃了睡，睡了吃，一言不发，足足睡了三天三夜。

塔塔尔每天都为了巴雅尔出去打猎。八月下旬的额仑草原，所有的食草动物尤其是啮齿动物，都想在青草变黄的最后一刻增肥抓膘。因此，塔塔尔的猎获极多，而且个个膘肥体胖。他和红狐博士也不问巴雅尔什么，只管让他吃饱睡够。睡梦中的巴雅尔，骨骼长得咔咔直响，小心脏跳得像一面鼓，咚咚作响，能将毛皮上的跳蚤弹起来。

第四天的时候，巴雅尔终于睡醒了，打了一个哈欠，

伸了一个懒腰，看见红狐博士和塔塔尔直瞪瞪地看着自己，有些不好意思。

“外面的世界太乱了。”

巴雅尔只说了这么一句话，然后就将目光投向角落，低着头，久久地沉默。

红狐博士和塔塔尔面面相觑，尴尬地笑着。

红狐博士无奈，只好讲了一个笑话：“乌鸦自从被狐狸赞美歌喉，骗走了嘴里的肉之后，便引以为戒，并教导子孙后代：无论狐狸怎么赞美你们，都不要信。有一天，狐狸的后代看见一只乌鸦叼了一块肉，就用祖上的方法赞美乌鸦的歌声和衣服是世上最美的。乌鸦心想，你这个小傻瓜，同样的欺骗方法怎么可以用两遍？都说狐狸聪明，我看是谣传。我就是叼着肉不撒口，看你能怎么样？小狐狸忽然大怒，厉声骂道：臭乌鸦，我赞美你是想骗你嘴上的肉。你的歌声是世上最难听的诅咒，狼谚说，听乌鸦叫，三年不要生孩子，要不然必定生个丑八怪。你的衣服也是最丑的，一身黑从生到死都不换，死了连羽毛都没有人捡，谁捡谁晦气。乌鸦越听越气愤，忍不住大叫一声‘住嘴’！于是，肉掉了，被树下的狐狸捡到了……我的问题是，乌鸦为什么会中计？”

塔塔尔乐得嘎嘎直笑，说当然是乌鸦太傻。

一直沉默的巴雅尔脱口而出：“不……是乌鸦不会控制

和管理自己的情绪，尤其是面对愤怒和仇恨的时候。”

红狐博士几乎是热泪盈眶地拥抱巴雅尔，表扬着自己的弟子。

“恭喜你，巴雅尔，你终于悟到了自由的真谛：自由不是放纵，不是挥霍生命，而是在磨难中锤炼意志，更加自律！自律才能获得最大的自由，才能获得管理他人和团队的能力。请告诉我，你还有什么收获，都经历了什么？”

“太多了……”

“拣重点说！”

“草原上要有灾难，狼群要灭绝……”

巴雅尔说了哈敦家族狼群的遭遇和爷爷的嘱托。

红狐博士神色黯然，他焦躁不安地在木屋城堡里踱着步，不断地重复着一句话：“这一天终于来了，但比我预料得要早。太早了，我的研究才刚刚开始……”

巴雅尔问是什么研究。红狐博士说，草原上的两脚兽人类进化出了四轮兽和履带兽，这些东西不吃草不吃肉，专门喝一种刺鼻难闻的饮料，速度和力量却匪夷所思。他将这种饮料的样本分发给了草原上所有的动物，尤其是犬科动物和杂食动物貉，他们的嗅觉记忆有上万种，可他们都说从来没有闻到过。现在只有一种办法，就是从古老的动植物细胞线粒体里，提取与这种饮料有关系的因子，推断这种饮料是什么东西，未来对动植物有什么影响。这个研究需要漫长的时间，甚至需要几代红狐博士和专家才能搞清楚。现在的问题是，如果两脚兽的人类利用秋季的天干气爽开垦草原的土地，那么草原沙化会很快到来。额仑草原的动物，包括狼群和狐狸家族都将面临灭顶之灾，哪里还有什么时间进行科学研究?!

忽然，森林里传来金雕家族的警报，塔塔尔闻声飞了出去。

不一会儿，金雕塔塔尔回到木屋城堡，大喊"不好了"，草原三杰立刻跑到森林外面的山坡上遥望整个草原。

他们被眼前的景象惊得目瞪口呆。

额仑草原最肥沃、最平坦的湖边草场上，排列着十只被两脚兽人类驾驶的履带兽，轰隆隆地喷着黑黑的烟儿屁，对草原开膛破肚，将沉睡了上万年的腐殖土从地下翻到地面。先前，动物们只是看到几只履带兽小规模的试点，现在它们大面积地开始对草原下手了。一时间，所有的鹰隼飞上天空。年老有见识的鹰隼在天空盘旋哀鸣；年轻的鹰隼看见兔子、草原鼠和旱獭被从土地翻出来，在无遮无拦的黑土地上绝望地奔窜，就像捡芝麻一样将它们猎获，兴奋不已。

额仑草原的山脉上传来悲怆的狼嚎。显然，各个狼群家族都意识到了生存危机。他们中有少数几支狼群是从南部的沙漠迁徙过来的。当初，他们那里的草原也曾水草肥美，就是因为开荒种地导致沙化，才逃到额仑草原，臣服在哈敦家族的威权下苟且偷生。

此刻，哈敦家族的狼群正三三两两地在坡地草原和沟壑里狩猎。母狼托娅领着七个狼崽子，蜷伏在沟壑坡地密实高大的草丛里，盯着旱獭和长腿兔子。狼崽子们耐性不足，往往趴了一会儿就蠢蠢欲动，将猎物惊吓逃走。狼崽子们非常沮丧，觉得还是集体围猎大型动物过瘾。忽然，他们发现大批的鹰隼、金雕和乌鸦，盘旋在一块巨大的黑土地的上空，吱吱呀呀地嚷成一片。再定睛一看，黑土地上有各种小型食草动物四处狂奔，非常显眼。狼崽子们血性大发，两眼盯着猎物直冲下去。等到母狼托娅阻拦的时候，已经有两只跑得最快的狼崽子进了黑土地，轻松地抓了两只肥硕的旱獭，拖着往回跑。

母狼托娅分明看见黑土地的旁边有人，是蒜头王一家在给驾驶履带兽的人送饭。他们指着两只狼崽子大呼小叫，让驾驶履带兽的人赶紧抓狼。

紧急时刻，母狼托娅大声嚎叫，让两个狼崽子放下猎物赶紧跑回来。

刚刚尝到猎获滋味的狼崽子哪里肯放下猎物，但叼着十多斤重的旱獭，实在是跑不快。直到人追到跟前的时候，狼崽子才慢慢放下猎物，恨恨地看着那些手持铁器、穿着工作服的农场工人，一步一回头，颠儿颠儿地跑了。

两只狼崽子的傲慢，激怒了驾驶履带兽的工人。大蒜和二蒜给工人带路，跳上一只四轮兽。农垦营地里一共有两只四轮兽。其中一只四轮兽猛地喷出一股臭臭的黑烟，蹿了出去，冲向山坡的草场，朝狼崽子逃跑的狼道直追过去。四轮兽上的一个人拿出一支枪，朝狼崽子瞄准。狼崽子没有见识过枪的厉害，跑过一段路后，还好奇地回头看看。就在回头站立的一刹那，枪声响了，两只狼崽子应声倒下，鲜血喷红了山坡的一片草地。

是夜，哈敦家族的狼群在白脖狼王的率领下，包围了草原中心的农垦营地。营地堆放着大量的农用物资，停着两只四轮兽和十只履带兽。农工们根本不把狼群放在眼里，在营地帐篷里喝酒唱歌。白脖狼王领着群狼跳上四轮兽，可他们咬不动也啃不了，只好在上面拉屎尿尿、吐口水。有一只骨干狼不甘心这样悻悻离去，就左嗅嗅、右闻闻，终于在靠近仓库帐篷的地方，找到了几只塑料的机油桶。他用犬牙把塑料桶咬开了几个洞，机油又黏又稠，倾倒在狼身上，发出令狼恐惧的刺鼻的味道。“油狼”就地打滚，又跳入河中，始终无法抖落身上的油味，他向狼群求救时，狼群纷纷躲避，并发出驱离的嚎叫。白脖狼王更是把“油狼”当成瘟神，要求“油狼”离狼崽子们远点。“油狼”转着圈咬自己的尾巴，想甩掉自己身上的油味，转着转着，自己转懵了，一头“转”下了山崖……

翌日凌晨，红狐博士以草原三杰的名义，口述了一封给额仑草原动物的信，让金雕塔塔尔急速转告：不要哄抢履带兽开垦土地逼出的啮齿动物，不要与四轮兽轻易开战。为了保护草原生态和动物生存，必须共商未来的大计。

然而，草原三杰很快失望了。

没有动物听他们的，尤其是额仑草原的狼群……

八　我要当狼王

九月的额仑草原，一夜之间进入秋季的肃杀。曾经的绿色像昨日转瞬即逝的记忆，忽然被北风刮走，留下一片空旷的枯黄。一如哈敦家族的狼群，噩耗猝然而降，将整个狼群击溃：两个极有天赋的狼崽子，再有几个月就可以单独捕猎，再有一年就可以进入骨干狼群，成为狼群的顶梁柱了，却忽然被飞来的子弹击中，当场死亡。狼群陷入沉默和惶恐，他们领教过蒜头王的鞭炮和炸药，也听见过比鞭炮更响的枪声，但就是没有想到枪口里吐出的子弹，速度堪比狼的目光。

但狼群就是狼群。他们聪明狡猾，很快就总结出规律：所有的问题都出在四轮兽上。只要把四轮兽咬死咬坏，让两脚兽的人类靠马、靠两条腿追赶，狼的速度优势依然还在。只要有速度优势，狼就能自保，甚至能和两脚兽的人类开展游击战和袭扰战，与大型猎物比如黄羊和驼鹿进行运动战。仇恨点燃了智慧，智慧照亮了复仇的方向。哈敦家族狼群一起站在山脉上，朝整个额仑草原发出复仇的邀请。白脖狼王的嚎叫，又像狼嚎合唱中的高音领唱，雄浑而高亢。复仇的信息此起彼伏，像接力一样，一路传了下去。

复仇的信息发出不久，一只外围的侦察狼跑回岩画狼洞，向白脖狼王汇报说，有一个叫草原三杰的团队组合，向额仑草原的飞禽走兽发出紧急倡议：不要盲目地与两脚兽的人类发动战争，人类已经进化出了很多的武器，未来也许将灭绝草原和所有的动物，包括他们自己。因此，额仑草原的动物界应该召开会议，共商生存大计。

独眼老狼王哈敦一世喘息不已，他的身体越来越差了。当他听说草原三杰的名头，忽然精神一振，想起这是孙儿小八的组合，便颤颤巍巍地站起来，让老伴扶他到儿子白脖狼王的面前，劝说儿子响应这个倡议。

白脖狼王却似乎陷入了失心疯，他含泪大笑，高声叫道："千百年来，我们和两脚兽的人类共享共管额仑草原，在你死我活的战争中，维持着生态平衡和自由的界限。他们杀一只狼，我们就灭掉一群羊。死亡是勇敢者的邀约，复仇是狼群对懦弱的回答。从来没有听说过什么草原三杰。

他们是从什么地方飞来的鸟儿，有什么资格阻止我们与四轮兽的决斗？两脚兽的四轮兽才有两只，额仑狼群的大小家族加起来却有几百只狼，谁说我们不能取胜?!”

“决斗！”

“决斗！”

狼群齐声嚎叫，一个个义无反顾地走到白脖狼王面前，犬跪在王的脚下，让白脖狼王收取每一只狼的灵魂。而悲愤中的白脖狼王用强大的意志力，将仇恨灌注进狼群的灵魂里。一只只狼顿时变得目光邪恶，眼皮上翻，露出令人恐惧的僵直的眼白。狼群很少嚎叫着发誓，一旦叫了，就会进入疯狂。

老狼王哈敦一世差点背过气去。白脖狼王太像年轻时的自己，喜欢用简单粗暴的仇恨和愤怒煽动狼群卷入战争。但是，不知道为什么，他开始厌恶那个曾经的自己。他怀念孙儿小八，小八那忧郁的眼神和水一般的温柔，让他的心跳和呼吸极其舒缓，浑身上下弥漫着孩童般快乐的气息。他甚至幻想，如果时间停滞，他愿意和孙儿小八永远在夕阳下静静地坐着，享受晚霞的抚摸。任时光荏苒，他只要生命的纯粹和温柔。

老狼王哈敦一世被老伴扶着，在颤颤巍巍回岩画狼洞的路上，吐露了自己对小八的怀念。而老伴乌玛几乎是流着泪说，她更加怀念孙儿小八。她喜欢小八柔软的绒毛和光滑细嫩的小肚皮。每一次用自己粗糙的爪子划过小八的绒毛的时候，就觉得有一股青春般的战栗，从指尖抵达心脏，让她迷恋那种母爱荡漾时缥缈的沉醉。

这一刻，老狼王忽然后悔将哈敦家族的秘密告诉孙儿，把孩子吓得六神无主。如果小八是只成年狼，自己一定会帮助他夺取王位。

哈敦家族召集额仑狼群向四轮兽宣战的消息，很快传遍草原。

巴雅尔也听到了此起彼伏的狼嚎，大致知道了狼群的信息。他急忙到木屋城堡找红狐博士和金雕塔塔尔商量对策。令他大吃一惊的是，狐狸家族和金雕家族都在收拾行李，准备离开额仑草原，搬到草原北部山区的山谷。

巴雅尔说："北部山区光秃秃的，草场稀疏，那儿是抵御西伯利亚寒流的风口，生存环境极其严酷。怎么可以搬到那里呢？"

红狐博士耸耸肩膀，说："有什么办法呢？两脚兽疯了，要毁灭草原和森林。狼群疯了，要毁灭两脚兽驾驭的四轮兽。我们草原三杰的倡议，因为没有狼群权力的加持，等于是放了一个四轮兽那样的屁，根本就没有响应！现在是草原的秋季，还有森林和枯草掩护我们迁徙，如果到了冬季，白雪皑皑，一览无余，我们再跑就来不及了……"

“难道，我们就眼看着狼群自投罗网，额仑草原陷入灾难？”

“除非你当王……把复仇之行变成拯救之旅！”

“这怎么可能？我才不到一岁。”

“如果经过训练，打败一只公狼，比打败两脚兽和四轮兽容易百倍。”

巴雅尔的屁股忽然像通了电一样颤抖不已。

红狐博士忙给巴雅尔把脉，发现他心动过速。一股莫名其妙的恐惧，下意识地干扰了巴雅尔的自主神经，让他不禁开始颤抖。于是，他问巴雅尔心里是不是藏着什么秘密？巴雅尔稳了一会儿，才惊恐万状地说，他不能当王，即使是打败了他的父亲白脖狼王也不行。因为他没有体力和意志力收取狼群的灵魂，也对笼络杂七杂八的灵魂，给它们植入恐惧的意识惶恐不安，他有犯罪感。

“什么，什么……收取灵魂？”红狐博士和塔塔尔大惑不解。

巴雅尔稳住心神，把老狼王哈敦一世告诉他怎样控制狼群灵魂的秘密，一五一十、哆哆嗦嗦地说了一遍。

红狐博士和塔塔尔也听得心惊胆战。听完之后，红狐博士吐出一口冷气，捋着胡子在木屋城堡里走来走去，恍然大悟地说，他和狐狸家族的子孙后代一直搞不清楚，为什么同为犬科动物，甚至是狼族的表亲，狐狸与狼在远古的时候却分道扬镳，各自走向了不同的路。狼群居而身材高大，狐独居而短小精明。原来，狼丧失了灵魂的独立，成了争斗的机器；而狐因为独立，进化成了妖或精灵一般的存在。

塔塔尔也憨厚地笑了起来，说从小就听老鹰们说狐狸不仅像妖精，还多愁善感、楚楚动人，让世世代代的草原英雄们迷醉，明知道是妖是惑，也挡不住他们的脚步。

红狐博士喝道："不许胡说，都是造谣！"

红狐博士忽然对哈敦家族狼洞里的岩画内容感兴趣，反复问岩画的最后部分，即狼群逃奔的方向是哪里。真的有一条蓝水河，只有动物没有两脚兽人类的痕迹吗？巴雅尔说，是的。红狐博士又反复向巴雅尔确认，这些岩画是早期的人类而不是兽类的记录？巴雅尔只能说，爷爷哈敦一世就是这样说的。狼族有口头文学，甚至是歌唱，就是不会绘画。

红狐博士做出一个重大的决定：所有狐狸家族和动物联盟的族群，停止搬家和迁徙。他要亲自到哈敦家族的岩画狼洞进行实地考察。他怀疑，在两脚兽的古代狩猎绘画中，他们知道狼群奔跑的方向是没有两脚兽居住痕迹的梦想家园，所以才在岩石上画了出来。如果真的是这样，那么哈敦家族的梦想就是全部额仑草原动物的梦想。尽管这次考察危机重重，但是事关草原动物的生存大局，他们只

能冒险一试，秘密潜入。

事不宜迟。塔塔尔负责传达停止搬家的通知，巴雅尔领着红狐博士，沿着额仑草原的山脊小路，朝南部山脉的哈敦家族领地出发。

正午刚过，巴雅尔和红狐博士跑了一百多公里之后，快要接近哈敦家族的狼群领地了。巴雅尔这一段时间食物充足，心情快乐，身体不仅恢复到鼎盛时期，还猛长了几十厘米。他毛色油亮整洁，白色的华服蓬松而熨帖，跑起来疾如闪电，轻松如风。只是苦了红狐博士，四只短腿拼命倒腾，还要不断地向巴雅尔喊“等一等”。

忽然，他们听到草原中心的农垦营地里响起了白脖狼王的嚎叫声。

巴雅尔和红狐博士大吃一惊，狼群居然在大白天，发起了对人类的进攻。

秋高气爽的草原，中午泼泼辣辣的阳光直射下来，让人畜都陷入困乏。已经膘肥体壮的牛羊跪在地上懒洋洋地反刍倒嚼，牧民和农工则吃饱喝足，躺在柔软的草地上小睡一会儿。就在这个草原万物充分放松，尽情享受阳光的时刻，额仑狼群发起了进攻。

首先发起佯攻的，是额仑草原各个家族的外围狼，他们在草原外围的各个方向此起彼伏地嚎叫。听到狼嚎，正在午睡的牧民翻身爬起，赶紧骑上马，看护自己家的羊群和牛群，寸步不离地守卫着自己的财产。看护牛羊群的獒犬们也紧张地睃巡，狗仗人势地汪汪直叫。佯攻的狼群死死地牵制着草原上最懂狼群的牧民的战斗力。每当牧民想骑马离开牛羊群的时候，外围狼群的嚎叫就逼近。几乎所有的草原牧民都知道，大中午环绕四周的狼嚎是虚张声势的佯攻。狼群真正的目的在别处。

最懂这套战术的是老獒王脱脱和獒母花花。他们急切地向牧民的营地汪汪直叫，提醒主家，狼群最可能的主攻方向是草原中心的营地。但是，牧民和马倌、羊倌根本就不离开自家的牲畜。他们掏出小酒瓶，一口一口地抿着，目光瞥向草原的农垦营地，想看场大戏。毕竟给草原开膛破肚，毁坏的不仅是动物的生态，还有牧民延续千年的生活。

果然，一股迅猛的骨干狼尖兵朝正在开垦土地的履带兽跑去。跑在最前面的是白脖狼王和哈敦家族仅有的六只骨干狼。他们带着其他狼群的骨干狼，呼啦啦跳上履带兽，朝正在驾驶室里午休的两脚兽司机大呼小叫，龇牙咧嘴，做出咬人的样子。驾驶履带兽的人哪里见过狼群的疯狂，一个个吓得抛下履带兽，围成一团，手拿铁器摇把，高喊着：快来人啊，快来人啊！

农垦营地的人们听见了翻地现场的狼嚎，又遥遥地看见司机摇晃着白毛巾发出求救的信号。因为草原土地辽阔，看着很近，其实很远。为了快速营救，他们倾巢而出，坐上两辆四轮兽，带着枪，直奔履带兽翻地的现场。

白脖狼王带着狼群恐吓履带兽的时候，一直在冷静地计算四轮兽增援的距离。四轮兽一出营地就放枪，狼群愣了一下，发现白脖狼王没有动，他们就继续狂呼乱叫，甚至撕扯履带兽司机的衣服和裤脚，吓得司机哭爹喊娘，比狼群叫得还难听。等到四轮兽距离履带兽还有二百多米，都能看见子弹在黑土地上打出白烟的时候，白脖狼王才一声呼号，带着狼群朝草原上唯一的一条土路撤退。

四轮兽上的枪手高兴地举着枪，兴奋地朝司机喊着“快快”。他们觉得狼群沿着土路跑，实在是非常蠢笨，与四个轮子比速度，狼群死定了。但是，路是白脖狼王事先侦察好的，弯道多，车辙多，四轮兽在路上上下左右地颠簸，像在波峰浪底忽上忽下漂泊的小船。狼群不慌不忙地跑着，与四轮兽保持着一定的距离。四轮兽颠簸起伏，速度快了，抢手很难瞄准；速度慢了，又撵不上狼群。跑着跑着，土路进入森林的边缘，曲里拐弯的路上出现了一棵又一棵枝叶繁茂的胡杨树。四轮兽不得不再次减速拐弯。

白脖狼王带着骨干狼群，迅速地趴在胡杨树的后面，四肢贴紧树干，只等四轮兽减速路过的时候，他们突然蹿上去，将四轮兽和两脚兽的人类消灭干净，尤其是那个打死狼崽子的枪手！白脖狼王将后腿绷直，前腿紧紧地贴着树干，把整个身体隐蔽在树干的后面。十几只骨干狼纷纷仿效，找到合适的树干隐蔽起来。他们的激素水平瞬间提高到极限，但大脑的神经系统又在同一时间让他们在高度紧张中保持着极度的平静，屏息静气，一动不动地贴在大树的后面。

忽然，急速行进的两辆四轮兽“嘎”的一声，停了下来。

四轮兽上的人纷纷回头，大喊大叫起来。其中有一个人拿着望远镜，朝农垦营地方向望去。只见营地里闯进十几只狼，成年狼进去大吃大喝，四五只不谙世事的小狼崽们叼着农工们有浓重膻味的枕头、衣服和牛皮包，以为是可以吃的好东西，朝山坡上跑。其中，还有两只小狼拖着一床几年没洗的花被子，兴奋地朝山坡上跑去。只因为那花被子上面绣着鸳鸯和大鸟，透着一股腥膻油腻的味道。远远地看去，枯黄山坡上的花被子，像是长生天赐给草原的一朵盛开的红牡丹。

四轮兽上的枪手和司机指天骂地，高叫着“狼群作孽”。他们财产不多，仅有的这点过冬的被服让小狼们抄走，日子怎么过？他们立刻调转四轮兽的头，喷出一股黑烟，朝花被子的方向疯狂地追去。

草原三杰在哈敦家族狼群的领地山脊上，目睹了狼群外围牵制和佯攻履带兽、伏击四轮兽、偷袭农垦营地的战斗过程。巴雅尔和红狐博士的遥望，金雕塔塔尔的俯瞰，让狼群的计划细节和战斗态势完美地呈现出来。战役之前，草原三杰谁也没有猜出白脖狼王的计划，觉得狼群必败无疑，现在看了白脖狼王的战术布置，不由得啧啧称奇，认为狼群有取胜的希望。狼群正如红狐博士在“五月演讲”中所说，确有维护草原秩序的担当和智慧。就在他们赞叹欣赏的时候，战场态势忽然发生了逆转：两只狼崽子各叼着一个被角，拖着一床红色的花被子，朝山坡草场跑来。这使得即将进入森林边缘公路伏击圈的两辆四轮兽忽然掉头，朝他们追过来。

两只四轮兽到了山坡草场的坡底时，蒜头王和大蒜二蒜忽然跑出来，自告奋勇地发誓说，他们熟悉草原上的路，小狼崽子们拖着被子逃跑的方向，是一个最大的狼群的领地。这个狼群最坏了，吃他们家的羊，还偷袭农场工人的营地，该杀。四轮兽上的农工立刻让蒜头王和大蒜二蒜上了四轮兽。四轮兽果然沿着草场上坡的小路，躲开那些暗沟和土坑，一路追杀过来，开得越来越快。而小狼崽子们似乎对这块领地的地形不熟悉，又不肯放弃嘴里的“食物”。说话间，双方的距离越来越近了。

巴雅尔叫了声不好，飞速地奔下山脊，朝小狼崽们跑去。因为是下山，巴雅尔很快接近了狼崽子们，然后借势一个腾跃，跳到软软的红被子上。他定睛一看，大吃一惊，原来是科勒家族的狼崽子们。来不及多说，巴雅尔急忙领他们横向逃跑。科勒家族的小狼崽们也很吃惊，一只白狼闪电般从天而降，原来是他们最亲爱的朋友“阿兰哥哥”。但是，狼崽子们不肯放下包和被子。巴雅尔吼道：“你们死到临头了，还贪恋这些根本就不能吃的东西！”狼崽子们这才醒悟，急忙松了口，跟巴雅尔横向跑了一段路，钻进一个石多草密、易于隐蔽的沟壑，朝山脊上逃去。逃到山脊的岩石间，隐了自己的行踪，科勒家族的两只狼崽子这才平复急促的心跳。

就在此时，他们的身后传来激烈的枪声。四轮兽虽然没有追上他们，但是其他狼群的狼崽子和成年外围狼被追到百米以内，几只狼应声倒下。科勒家族的狼崽子们吓得瑟瑟发抖，眼巴巴地望着“阿兰哥哥”。巴雅尔却神情镇静，朝山脊下的四轮兽望去，说：“你们安全了。不过你们这是怎么回事？这么大的战役，你们出来捣什么乱？”狼崽子们惊魂未定，啰里啰唆地说了半天，巴雅尔才弄明白。

原来科勒夫妇原本不想参与哈敦狼群的行动，但是，眼看着额仑草原形势险恶，他们也觉得有一份责任。关键是孩子们越来越大，如果不参与狼群的行动历练历练，见见世面，以后的日子会很艰难。所以，他们夫妇参加了骨干狼群的伏击行动，狼崽们则随外围狼干些偷袭营地和厨房的勾当。哪知道狼崽子们常年活动在草原一隅，除了自家的狼，对外界事物茫然无知。闻着那些常年不洗的腥膻的花花绿绿的东西，以为是好吃的呢，叼了就跑。

科勒家族的狼崽子们说完很不好意思，说让“阿兰哥哥”见笑了。尤其是小母狼塔娜，忽闪着一双美丽的大眼睛，偷觑着“阿兰”。

巴雅尔亲吻了每只狼崽子的脖子，安慰他们说：“你们看到的、经历的，就是狼群的生活。你们今天的表现都不错。活着就是胜利，懂吗？”

狼崽子们诚实地摇摇头，意思是说，我们不是谦虚，是真的不懂。

巴雅尔说：“真理供起来是佛，玩起来就是泥。重要的是经历。无论是成功还是失败的，都是今后生活的路标。”

科勒家族的狼崽子们笑了。“你这么说，我们就懂了。阿兰哥哥，我们想和你在一起。”

巴雅尔与大家碰了碰鼻子，说：“一定会的。你们都记得我的声音，有机会我一定会呼唤大家的。现在，你们的任务，就是沿着山脊的石头路赶紧回家。”

巴雅尔送走了科勒家族的狼崽子们，回到红狐博士的身边。

忽然，盘旋在哈敦家族狼洞上空的金雕塔塔尔，发出高频率的“嘎嘎”的警报。

巴雅尔和红狐博士急忙跳到高高的岩石上，眺望着哈敦家族狼洞的方向。他们发现四轮兽上的人类已经在半山坡停下，从四轮兽上下来。

蒜头王一家三口带着农工，拿着枪，慢慢地爬了上去。

看样子，金雕塔塔尔的警报起了作用。只见哈敦家族的老弱病残匆匆地跑出了岩画狼洞。最显眼的就是那只断了前腿的瘸腿狼，被两只啃骨的老狼叼着木棍搀扶着逃跑。最后出来的是独眼老狼王哈敦一世夫妇。他们行动迟缓，晃晃悠悠，看上去风都能刮倒的样子。很快，他们被逃窜的狼群落下了一大段距离。

巴雅尔站在高高的岩石上，发出少年狼尖锐的声调，提醒爷爷不要走了，岩画狼洞里面还有一个子洞，是哈敦家族母狼的产房，躲进去吧！

独眼老狼王哈敦一世显然听到了巴雅尔的提醒，他停下脚步，身子不动，脑袋回转，朝巴雅尔的方向望了一眼。老狼王仰起头来想回应孙儿一声，却引发了接连不断的干咳，反倒耽误了脚程。

蒜头王一家带领的人越来越近。

哈敦一世夫妇没有逃回岩画狼洞。看见追杀他们的两脚兽人类愈发近了，老两口拿定主意，朝一个坡度有六十多度的陡崖慢慢地走去。显然，他们想保护哈敦家族的岩画狼洞不被两脚兽的人类发现。那是哈敦家族狼群的秘密和梦想，也是额仑狼群的秘密和梦想。

陡崖由风化了几万年的黑褐色碎石片滚落累积形成。老狼王夫妇踏上去，像滑雪一样，刺溜一下，就滑到了崖坡中间的一个旧狼洞。

金雕塔塔尔见此情景，想搭救巴雅尔的爷爷奶奶。他一个俯冲飞到崖坡狼洞前，但老狼王夫妇从不相信金雕会是狼的朋友，反倒急急地钻进了洞里。塔塔尔无奈只好飞走，向巴雅尔报信。

大蒜二蒜两个臭小子见此乐得蹦高，他们拿了几个二踢脚，也滑雪般轻松地滑到狼洞前，将二踢脚点着扔了进去。狼洞里传出爆炸声，随着碎石掉落，一股股蓝烟从洞里飘了出来。随蓝烟飘出的，还有老狼王哈敦一世剧烈的咳嗽声和乌玛那微弱的呻吟。

大蒜个儿大，二蒜个儿小。大蒜让二蒜钻进狼洞，将炸晕的两只狼拖出来。

二蒜钻进狼洞，隐约看见两只老狼奄奄一息地躺着。他们互相拥抱着、亲吻着，看见二蒜进来，对视一眼，好像在互相说“对不起，忍着点”，然后含着浑浊的泪水，猛地撕咬着对方的皮。由于年龄太大，咬力退化，两只老狼像是用钝刀子割肉，一刀一刀地捅向对方。看上去是老母狼先忍不住了，不忍再咬自己的老伴，呜咽着老泪纵横。而老公狼也难以下口撕咬自己一生的伴侣。但是，他们不想被蒜头王一家生俘，活剥自己的狼皮，去换酒喝。于是，老公狼忽然发了狠，用自己的后腿猛蹬狼洞的碎石，哗啦一声，岩洞坍塌，将自己和老伴掩埋了。

二蒜大喊："快拽我出去！"

大蒜将二蒜从狼洞里拽出来。二蒜惊恐万分，好半天才缓过神来，大哭："哥，两只老狼在咬自己的皮……"

大蒜也懵了，说："算了，遭报应。"

蒜头王却命令儿子扒开洞，将两只老狼拽出来，什么报应不报应的。狼皮坏了，狼牙、狼骨和狼肉还值钱呢。等把两只老狼扒出来时，却发现两只狼紧紧地拥抱在一起，牙齿深深地插进对方的喉咙……

额仑草原陷入静寂。

午后的斜阳，将最后的一缕温暖洒在崖坡上。

随即，如血的黄昏降临，大地一片寒凉。

眼见爷爷奶奶用极其悲壮和惨烈的方式，告别了他们生于斯长于斯的额仑草原，巴雅尔喉头发紧，鼻子一酸，眼泪喷涌而出。

红狐博士厉声喝道："忍住，你没有权利悲伤！"

然而，悲伤是无法制止的。痛苦已经发生了化学反应，变成了泪水，无法掩藏。在巴雅尔的年纪，他还不具备强大的意志力，在如此巨大的悲伤面前镇定自若。

红狐博士嘴巴抵住巴雅尔的鼻子，用温润的气息，给弟子上了最后一堂哲理课：

“把命运交给上天，把当下交给自己。咬定梦想和目标去行动，一切皆有可能！”

巴雅尔按照红狐博士的方法，深深地呼吸，迅速地清理了脑海里的杂念，紧皱眉头，集中思绪，心脏果然不再慌乱和虚空，四肢重新充满了力量。他领着红狐博士躲避着人类的视线和围剿，一会儿就到了哈敦家族的岩画狼洞，闻到了他熟悉的童年味道。

红狐博士站在岩画面前，惊呆了。独眼老狼王哈敦一世面壁思考了半辈子的秘密，红狐博士瞬间就捋出了头绪：

第一，岩画是早期的两脚兽人类画的，他们到达过蓝水河，不然不会画出来。

第二，人类发现了草原狼向往的北方草原，甚至发现了通往北方草原的哲别山谷。

第三，北方草原不仅是动物的乐园、狼群的家园，还有原始部落的人类。

红狐博士发现，在蓝水河边饮水的驯鹿群里，有一个不易觉察的“人”，他坐在一张雪橇上，没有露出两只脚和两只手，披着一张兽皮和用天鹅羽毛编织的披肩。额仑草原的那达慕大会上，曾经有萨满巫师穿过这类衣服。但是，这些“人”看上去对动物很友好。那些长着长长鹿角的驯鹿居然围着“人”，静静地喝水。

红狐博士惊喜地对巴雅尔说：“北方草原是额仑草原动物最理想的栖息地，是梦想中的家园。而长达百里的哲别山谷高大险峻，山石嶙峋，可以阻挡两脚兽、四轮兽和履带兽。狐狸家族和金雕家族一定要放弃迁徙北部荒凉山区的计划，和狼群一起闯过哲别山谷，迁徙到动物的梦想家

园——北方草原。所以，你还是要……”

巴雅尔脱口而出：“当、狼、王！”

红狐博士高兴地舔着巴雅尔的鼻子，说：“你同意了？”

巴雅尔有些难过地说：“为了狼群的梦想，爷爷死了。爷爷生前告诉我，有梦想才能当灵魂的主宰。可是，竞争狼王是要凭实力的。我不知道接下来该做什么，怎样才能凝聚狼群的意志和共识，去实现梦想……”

“我们草原三杰是一个团队。加油吧，巴雅尔！”红狐博士说。

九　战胜四轮兽

额仑草原的九月，被称作奶酪月。深秋的草原牛羊肥壮，是牲畜出栏的收获季节。一到傍晚，袅袅的炊烟融入淡淡的雾霭中，被微风吹向辽阔的草原。这还是流浪狗狂欢的季节，他们知道这个季节农牧民家家都要宰杀牛羊。这个季节，也是狼群一年中最后的晚餐时间。进入十月，暴风雪就会如约而来。所以，狼群必须在暴风雪来临之前，尽可能地多吃多占——把吃不了的食物，尤其是肥美的旱獭和草原鼠兔就地掩埋。但是，今年的奶酪月，在无比珍贵的狩猎之夜，哈敦家族的狼群却默默地守候在一个备用的旧狼洞前。他们的首领白脖狼王已经进去快两天了，没有出来。只有母狼托娅进进出出，传递着消息，说狼王受了一点轻伤，正在康复疗养中，请大家不要担心。

狼群不肯离去，尤其是骨干狼群和五只活下来的狼崽子。

哈敦家族的狼群经过这次战斗，失去了老狼王夫妇等大小六只狼。整个狼群春季还有三十多只狼，到现在只剩下十九只了。损失最大的是骨干狼，他们在几次大大小小的战斗中冲锋在前，从十五只狼减员到五只。这五只成年骨干狼是哈敦家族狼群的中坚力量，也是离王位最近的哈敦家族的表亲。其中，排位最靠前的一只巨狼叫阿图姆，他带着另外四只骨干狼守在白脖狼王的洞口，迟迟不肯离去。在前天猎杀四轮兽的晚上，他隐约看见白脖狼王一瘸一拐地回来，钻进洞里再也没有出来。天亮的时候，他又闻到狼血的味道。他断定白脖狼王已经受伤了，而且肯定不轻，是重伤！如果情况属实，按照狼群的规矩，狼王伤残，不能率队冲锋，就要让出王位。骨干狼排位第一的大护法就有机会晋升为王。况且现在哈敦家族的狼崽子们还小，没有一个可以成为慑服大家的接班人。所以，狼王极有可能是阿图姆。而一旦阿图姆当了王，白脖狼王一家就会沦落成外围狼。所以，狼崽子们最是恐慌不安。

阿图姆和骨干狼群疑窦重重，蹲在洞口不肯离去。他们的眼睛里渐渐地冒出了火。他们盯上了五只狼崽子，咄咄逼人的目光，盯得狼崽子们缩成一团，发出求饶的吱吱呻吟。

阿图姆上演的，是狼群典型的逼宫戏码——杀掉狼崽，废除王位。大部分情况下，老狼王和王后见此情景，都会主动让位，远走他方自生自灭，孩子们被新的狼王编入狼群收养。如果老狼王和王后此时还不退位，骨干狼就会带领狼群，群起而攻之，老狼王一家老小都会惨死。狼群可以养老扶幼，但绝不允许老弱病残霸占王位。

母狼托娅急忙钻进狼洞，不一会儿，白脖狼王出现了。

狼群骇然。

白脖狼王只剩下三条腿！前面的一条小腿只有一根筋连着，晃晃荡荡地悬挂着，像飘在空中的一根风铃棒。“风铃棒”的连接处，伤口已经被舔得近乎干爽，露出白森森的骨头。只有那根筋还残留着暗黑的血色。

原来，在围剿四轮兽的战役中，等白脖狼王返回哈敦家族狼群领地，想解救老弱病残的时候，天色已晚。蒜头王一家坐着四轮兽，兴高采烈地拉着五六只狼的尸体，在老牛车道上颠簸着往回返。狼的血腥味道让白脖狼王失去理智，他站在四轮兽必经的路上，岿然不动地犬坐着，想等到四轮兽跑到跟前时，利用夜色的掩护，跳上去跟两脚兽拼个你死我活！然而，四轮兽喷着黑烟到了跟前时，忽然停下，等白脖狼王想跳上去决一死战的时候，两股强光突然亮了起来，白脖狼王的眼前一片茫然，什么也看不见。白脖狼王到底是一只经验老到意志坚强的成年狼，千钧一发之际，他下意识地返身逃跑。但是，他的眼睛却始终无法摆脱光柱砌成的甬道。极端的恐惧将大脑的血氧瞬间耗掉，失去思考的功能，他的身体变得僵硬而机械，只能茫然地跑着。直到身后一声巨大的枪响将失魂落魄的狼王击痛，他才一个趔趄，滚到山坡下的草丛中潜伏下来。他闭上眼睛，恢复了好久好久，心智和视力变得正常后，才借着夜色逃回狼洞。

在狼洞里，托娅不停地舔着丈夫的伤口。

白脖狼王一直处于昏睡中。睡梦里，他不断被那两根光剑刺痛，噩梦连连。

白脖狼王钻出狼洞，被阳光灼了一下，恍惚中觉得又看见了那刺目的光剑，差点晕倒。他闭上眼睛，恢复了一会儿，才慢慢地睁开，镇定下来。看到阿图姆等骨干狼的逼宫态势，白脖狼王心中生出一个念头：如果是阿图姆遇到了光剑，会是怎样一幕情景？活着，还是死去，没有谁说得准。于是，他谦卑而又沉痛地宣布：

“对不起，猎杀四轮兽的计划失败了，额仑狼群和我们哈敦家族的狼群都损失惨重，我要对此负责。因此，我宣布辞去狼王的职务，由阿图姆接任。如果有谁不服，可以提出挑战。但是，挑战不是狼群之间互相厮杀，而是打败四轮兽！谁打败四轮兽，谁就是哈敦家族的领袖，就是额仑狼群的领袖！”

哈敦家族的群狼面面相觑。

老狼福柯俨然以外围狼的代表，摇着尾巴，立马表态：“打败四轮兽？谁能？站出来……好，既然没有，那么，我们坚决拥护尊敬的前任狼王哈敦二世的提议，由勇敢而血统纯正的哈敦家族表亲阿图姆接任摄政王位。”

三条腿的哈敦二世，一蹦一跳地第一个走到阿图姆的跟前，将仅剩的一条腿弯了下去，把头颅低下，接受新王阿图姆摄取灵魂的臣服仪式。阿图姆还没有从惊骇中醒过神来，就被推上王位。而一向颐指气使、霸道勇敢的哈敦二世，居然臣服在自己的面前，他多少还是有些疑惧。当他举起右前腿按向哈敦二世额头的时候，他发现哈敦二世的眼睑不是下垂，而是朝上翻，露出狡黠而奸诈的眼白。阿图姆浑身一凛，想缩回来，但多少年来对权力的觊觎和向往使得他不由自主地停了下来。他的腿在颤抖，灵魂也在颤抖，一种莫名的恐惧从心底不可阻挡地冒出来。就在他再次想抽回来的时候，狼群已经发出新王登基的欢呼声。群狼摇着尾巴，晃着脑袋，频繁地互相亲着鼻子，等待着新王摄取灵魂的臣服仪式。

那一刻，阿图姆犹豫了。他暗自发誓，登基之后，必须找机会驱逐或者干掉哈敦二世，除掉恐惧的根源。于是，阿图姆轻轻地象征性地按了下去，接受白脖狼王的臣服。

仪式结束后，哈敦二世和老狼福柯建议新狼王阿图姆立即昭告额仑狼群，并商议下一步猎杀四轮兽报复两脚兽的计划。阿图姆仰天长啸，率先发出嗷嗷的狼嚎。紧接着，哈敦家族的狼群也都模仿着阿图姆的调式，朝四面八方的各个狼群家族嚎叫。不一会儿，额仑草原的山脉中隐隐传来各狼群家族的回应。他们约定，今夜当月亮升起，狼能够踩到自己影子的时候，到哈敦家族的领地开会。

哈敦狼群的新狼王要召开狼群大会讨伐四轮兽和两脚兽的信息，很快传遍了额仑草原的动物界。金雕塔塔尔到木屋城堡报信，发现红狐博士和巴雅尔不在，就飞到草原上空寻找。塔塔尔在空中发现，红狐博士正扶着巴雅尔，死死地盯着正午的阳光。塔塔尔一个俯冲收拢展翼，跳到他们两个的身边。原来，红狐博士研究了四轮兽的特点之后，认为四轮兽的光剑非常厉害，能够迷人心智，使眼睛进入盲区。因此，他在训练巴雅尔直视阳光，以适应光剑的杀伤力。

巴雅尔直视着阳光，盯了一会儿就头晕目眩。

红狐博士用身体顶着摇摇欲坠、迷迷糊糊的巴雅尔，絮絮叨叨地说着：“记住了，光剑并不可怕，可怕的是无知。无知产生恐惧。视觉、听觉、嗅觉和触觉等等，所有

这些感觉，都是思想的根源。而所谓的感觉，其实是一组组生物电流在大脑皮层生成的映像。屏蔽它们，区隔它们，抑或用意志抑制神经系统，这些法子统统没有用……只有一种办法，那就是把它当成常态，当成无害的东西，那样你就不会产生恐惧了……”

巴雅尔又适应了一会儿，果然再抬头看太阳的时候，头不晕了。

“怎么样？”

“太阳光和四轮兽的光剑是一样的？”

“当然。”

“我知道怎么做了。”

塔塔尔对巴雅尔和红狐博士说了哈敦家族的新狼王召开狼群大会的消息。

红狐博士兴奋地碰了一下巴雅尔，说：“我们草原三杰争夺狼王的机会到了。”

草原三杰高兴地欢呼起来。他们第一次确定了自己的梦想和目标，而且有了实现梦想的行动和路径。

深秋的额仑草原，夜空是蓝的。

空气里没有任何水分。大气层像纱幕一样被拉开，露出真正晶莹剔透的蓝色星空。星空中，有河流，有沙丘，有飞翔的鸟，也有憨憨的牛。每颗星星都露出了久违的笑脸，组合成各种各样诗意的浪漫的图案。当圆月升起的时候，冷冷的亮白的月华忽然泼向草原，蓝色的天幕褪去了颜色，一切又变得单调而清冷。

月亮夺去了众星的诗意和柔媚，高挂在空中。

额仑狼群就是在这个时候，发现自己的身影高大而细长，怎么跑都追不上，怎么转都摆脱不了……

于是，额仑狼群的大会开始了。

白脖狼王跳上一块巨石。尽管他只有三条腿，另一条腿晃晃荡荡，但是，他依然毫不费力地跳上了石头。这使得额仑草原各家族的狼群一片哗然。片刻之后，有狼率先嚎叫，对白脖狼王表示敬意，也对两脚兽和四轮兽表达不满。一百多只狼集体发出怒吼，嗷嗷的嚎叫声此起彼伏，在寂静的额仑草原上四散开去，连月辉也被震得颤抖不已。紧接着，是广阔的额仑草原上四处爆发的狗叫，羊群挤成一团，儿马发出嘶鸣，公牛也停止了反刍。

嚎叫之后，白脖狼王说："感谢大家多年来对哈敦家族的支持和信任，但是，这次决战四轮兽的战役失败，我自己身体残疾，哈敦家族的王，将由最英勇善战的大护法阿图姆担任。现在由阿图姆与额仑狼群各家族的狼王打个招呼，并主持会议。"

阿图姆围着各狼群家族跑了一圈，与各位家族的老大碰了鼻子。当他跑到母狼托娅的娘家苏木狼群的时候，托娅的父亲苏木忽然大喊一声："慢！"

苏木是一只七八岁的成年老狼。虽说在他这个年纪，已经是英雄迟暮，但双眼依然精光闪烁，眉心舒展。重要的是，他有八个子女，都是四岁多的青年狼，还有七八只骨干狼，苏木家族的狼群俨然已经发展为有二十多只狼的大狼群，而且兵强马壮，个个都是当打之年。哈敦家族狼群强大之际，苏木因为姻亲和实力关系暂且韬光养晦。现在，哈敦家族换了表亲阿图姆当王，而且只有十多只狼，老弱病残占了多数，凭什么还能当额仑草原狼的盟主？阿图姆当了王，就会重新寻找王后。那么，苏木家族的女儿和外孙们就会沦为外围的啃骨狼，命运将无比凄惨。作为父亲和外公的苏木绝不会允许这样的状况发生。于是，他跳上巨石，朗声说道："既然哈敦家族的狼群改了姓，老夫今天就把女儿女婿和外孙们领回去，省得日后受欺负。"

话音一落，苏木家族的狼群就围住了哈敦家族的狼群，双方的实力对比一目了然。狼崽子的舅舅们干净利索地将他们从狼群中区隔出来。五只狼崽子不知所措，看着他们的父亲和母亲，吱吱直叫。

哈敦二世和母狼托娅似乎早就预料到了今天的局面，他们沉默着依偎在一起，一动不动。

阿图姆怒不可遏，吼道："哈敦二世亲自举荐并臣服于我！老杂毛，你不服是吗？"

苏木说："不服！以额仑草原的大局论，我们苏木家族现在的实力高于你们哈敦家族，凭什么由你们当额仑狼群的领袖？以狼群家族论，狼群的规矩是优胜劣汰，王是杀出来的，不是禅让推荐的。我听说哈敦二世定下的规矩是谁打败了四轮兽，谁就是王。这个规矩定得不错。只因为你们家族势单力薄，无人挑战，才成就了你这个鼠辈。你说，我能服吗？"

阿图姆摇摇头，冷笑着说："苏木前辈，前几天伏击四轮兽，我紧跟哈敦二世冲锋在前。以哈敦二世狼王的勇敢和智慧，在额仑草原无人能出其右，他挑战四轮兽都险些丧命，其他狼可想而知。但是，狼群总得有狼王来管，事总得做，肉总得吃。总不能等个十年二十年，等到打败四轮兽的英雄横空出世再过日子吧？如果苏木前辈不服，你们家族就先灭了四轮兽，当额仑草原的盟主领袖！"

苏木反击道："小子，等你拿下了四轮兽，再当哈敦家族的王！"

阿图姆叫道："你们先！"

苏木又回击："你们先！"

狼群吵成一团。有激动的开始龇牙咧嘴，跃跃欲试。有胆怯的想偷偷溜走。

忽然，一个脆亮的声音响起来："我先来！"

众狼循声望去，只见圆圆的月亮里，高高的巨石上，映出一只飘逸细长的白色少年狼的身影。少年狼仰天嚎叫，表明自己的身份："我是哈敦家族的小八，我的名字叫巴雅尔。"

然后，少年狼缓缓地、一步一步走下巨石，仿佛是跨过千年的沉重和万年的孤寂，才来到这个混乱不堪的世界上。狼群中忽然一片嘈杂，有叫小八的，有叫阿兰的，有说此狼身份可疑，从未听说过哈敦家族有狼叫巴雅尔的。但所有的狼都感觉到一种从未有过的压力：这只狼通身纯白，在皎洁的月光下愈发显得高贵而魅惑。及至到了狼群跟前，他的干净利索、寡言少语，都与狼群的邋遢狡诈形成鲜明的区别。尤其是他忧郁而纯净的眼神，充满温情和宽容，对周边和世界没有一丝一毫的侵略和威胁。尽管如此，也没有任何狼敢上前搭讪，狼群分明感觉到这只自称叫巴雅尔的少年狼，用他的高贵和近乎神性的气质告诉大家：

"我爱你们，但请离我远一点……"

美，尤其是超凡脱俗的美，会让周边的世界感到压力。

压力最大的是哈敦二世夫妇。巴雅尔走到他们面前，轻轻地吻了一下母亲托娅的脖颈，碰了一下她的鼻子，然后他看都没看父亲哈敦二世一眼，甚至都没有对那条象征无上荣誉的断腿行注目礼，就掉转身子，跳上一块石头，向狼群朗声宣布：

“狼谚说，无角的牛爱打架，勇敢的狼不计较。请额仑狼群的各个家族放下成见，回各自的领地。两天后，如果你们看到两只四轮兽在草原上燃起大火，就到这里集合。希望各位长辈记住你们的诺言，谁打败四轮兽，谁就是哈敦家族的王，谁就是额仑草原狼的王！”

苏木家族的一只狼喊道：“如果没有烧死四轮兽呢？”

巴雅尔冷冷地说：“那就是我的死期，也是额仑狼群的死期！”

一只少年狼发出杀死四轮兽的誓言，让狼群半信半疑。但是，巴雅尔的气势和冷静又不像是信口开河。众狼想：既然我们都办不到，就让他试一试吧。狼谚说，我命在我不在天。既然生命就像一根羊肠子，是一段一段地咬着吃，还是一口吞了吃，都是自己说了算，那么有人出头逞英雄，我们还巴不得当戏看。

狼群的心理和选择，早已在草原三杰的预料之中。红狐博士通过历史案例和生物特性，推导出一个定理：狼的个体自私，但它形成的集体是无私的。自私的个体对上无私的个体，自私的个体也许会获胜；但自私的集体对上无私的集体，无私的集体会获胜。再倒推一下：如果一只无私的狼能够战胜狼群的公敌，那么，无私的狼就是草原上的大英雄，就会成为一个无私的集体的领袖和王。而只有这样，草原三杰才能领导额仑草原的动物界追逐梦想。

母狼托娅却担心自己的儿子，她追上马上要离去的巴雅尔，贴着儿子尚处在少年期的细软绒毛，吻着儿子的眼睛，含着泪说不出话。这一战，不仅关系到哈敦家族的生死，也关系到额仑狼群的未来。做母亲的不知道如何取舍，只有给儿子鼓励和爱。

巴雅尔小声地说："妈妈，你放心。你是我在世间见到的第一个天使，你教会我信任和爱，让我交了很多朋友，他们会帮助我。"

巴雅尔跑上山脉，与躲在隐秘处的红狐博士会合。他转回头，向狼群的会场看去，发现群狼都在静静地看着他的背影行注目礼。好像大家还沉浸在梦幻里，抑或是向一个孤傲的即将死去的灵魂冷冷地告别。

这几天，蒜头王一家非常兴奋，天天吃手把羊肉，蒜头差不多吃了一筐。

几天前，在额仑狼群破坏农场机械的大战中，他们家猎获了四只狼。当然，农场的一个枪手和司机的猎获更多。他请枪手和司机大吃一顿，喝了几公斤劣质白酒。酒酣耳热之际，蒜头王说一张狼皮会卖很多钱，加上能装饰的狼牙、能治病的狼骨和狼肉，每只狼能卖上千块。而且买主他已经联系好了，就是一百多公里外的镇子上的老主顾。当然了，时间一定要抓紧。如果进入十月份，暴风雪来了，就只能等明年了。

司机和枪手惊喜异常，爽快地答应，明天上午准备，下午就出发。晚上到了镇上，卖了钱，还可以要个烤全羊，再大喝一顿。

第二天下午，农场的司机将车开到了蒜头王的土屋门口。蒜头王不仅带着两个儿子，两个儿子还一人抱着一条可爱的小獒犬，把一辆小吉普车挤得满满当当。农场司机埋怨说："昨天晚上也没有说带上大蒜和二蒜，更没说带上獒兄和獒妹啊。"

蒜头王点头哈腰地说："帮帮忙，帮帮忙。今后只种地不放羊了，养狗没有用了。这两条獒犬年龄刚刚好，半岁多，能卖个好价钱。"

司机无奈，只好拉着一起上路。但是，獒兄獒妹从未离开过草原、离开过家，脖子上也从来没有拴过细细的铁链，所以一路上哭哭啼啼叫个不停。司机和枪手坐在前座，被两只獒犬叫得烦躁，加大油门，一路狂奔。

突然，吉普车一个急刹车，车上的人和狗被晃得七荤八素。

定睛看去，只见路的中间赫然坐着一只白色的狼，好像是等待约会的痴情少年，静静地盯着四轮兽，眼睛里没有丝毫的胆怯和狐疑。不仅如此，甚至还透出"我认识你们”的蔑视和问候。这让司机和枪手心里陡然发毛。怎么回事？遇到鬼了？

獒兄和獒妹认出是巴雅尔，发出万般委屈的汪汪声，求巴雅尔救救他们。

大蒜和二蒜也认出这是老獒王和獒母的养子巴雅尔，是那条每次都能死里逃生、化险为夷的狼。真是遇见鬼了。他们心惊胆战，紧紧地搂着獒犬，依偎在蒜头王的身边。自从看见两只老狼撕咬自己的皮不让他们得到全尸，大蒜和二蒜就觉得狼懂人心，和鬼一样会摄魂。他们一想到狼，就头皮发麻、寝食不安。蒜头王也心生疑窦，怕真遭了报应，于是催促司机绕开这只有一百条命的狼，避开晦气，赶路要紧。但是，枪手已经在举枪瞄准了。

巴雅尔见枪手举枪，忽然起身，在大路中间忽左忽右跑出之字形。他的速度不快，与吉普车保持着若即若离的距离。但是，这段路的车辙印压得非常深，像一道道高低不平、犬牙交错的地垄沟，车子颠颠簸簸的，枪手根本瞄不准。枪手埋怨司机，司机埋怨枪手。狼与人与车斗了不到十几分钟，人先怒了。枪手打了两枪不中，催促司机加快速度。司机将油门踩到底，跟着狼，想都没想就一头扎进秋天的大草原。

深秋季节的草原，比颠簸不平的土路好走多了，尽管巴雅尔忽左忽右，但还是无法摆脱吉普车，拉开一段安全的距离。尤其是那个枪手，他在马背上练出的枪法很适应眼下的草原路径，子弹几乎贴着巴雅尔的周身飞过。

危急时刻，塔塔尔带着金雕家族，突然出现在吉普车的上空，几乎是贴着枪手和司机的头皮，扑啦啦地拉起了酸度极高的粪雨。金雕能消化整只老鼠和兔子，甚至是动物的骨头，那些排泄物不仅黏而臭，还夹带着没有消化的毛发和钙化的酸液。金雕的粪雨淋到人的脸上和眼睛里，等于被泼了硫酸。枪手和司机方寸大乱，哇哇大叫。司机看不清方向，但疼痛却让他在慌乱中下意识地猛踩油门，车子冲向草原上的一个小土坡。

忽然，车子停下了，车头高高地悬起。两个前轮空转，后屁股冒烟。

车上的人和狗都被甩了出来，枪手摔得最惨，断了两根肋骨。原来土坡后面有两个巨大的牤牛角，车子前冲下落时，被两个牤牛角架空了。其中一支巨大尖锐的角刺穿了油箱，汽油正在汩汩地往外流。

司机大喊一声“不好，快跑”，就一瘸一拐地搀扶着枪手，离开现场。

蒜头王还想拿车上的狼皮，被大蒜和二蒜死死地拽住。他们刚刚跑了几步，车子就“轰”的一声爆炸了。额仑草原顿时燃起一股大火，浓烟直冲云霄。

飞溅的火星又点燃了四周干枯的草场，整个额仑草原都为之紧张。农工和牧民像听到了无声的命令，带着灭火的工具从四面八方赶来。幸好车上的人都连滚带爬地逃了出来，只是受了点伤。

烟雾中，隐隐传来獒兄和獒妹凄惨的呻吟，但蒜头王一家顾不上了。他们跑到火头的上风处，捶胸顿足地大骂狼崽子巴雅尔，发誓要抓住他，抽筋剥皮，红烧酱焖！

巴雅尔已经撤到远处，正要和草原三杰的成员会合，忽然听到火场中传来獒兄和獒妹微弱的呼救声。他猛然想起车上哭哭啼啼的獒兄和獒妹，于是想都没想就钻进烟雾中。他压低身体，贴着草皮，尽量避开明火和烟雾，左绕右转，终于找到已经晕头转向的獒兄和獒妹。这个地点和犏牛角都是草原三杰的杰作，所以巴雅尔熟悉地形地貌。獒兄和獒妹甩着脖子上的铁链在原地打转，棕黑色的毛被火星燎得秃一块黄一块，难看极了。巴雅尔一口叼住獒妹的铁链，拖着就走。獒妹不舍得兄长，叼了兄长的铁链，让他跟着巴雅尔爬行，左绕右转才跑出火场。离开火场的时候，他们看见蒜头王一家在不远处，扶着受伤的枪手和司机。

巴雅尔将铁链放下，说："你们安全了。"

獒兄和獒妹看了一眼蒜头王一家，悲伤地摇摇头，眼泪巴巴地跟着巴雅尔。他们的家已经回不去了。主人抛弃了他们。

巴雅尔只好带着他们，走到一条小河边。河的对岸就流浪狗的领地。流浪狗的首领老獒王和獒母早就注意到火场的动静，已经在河边焦急地等待。一旦巴雅尔行动有失，老獒王和獒母就出手相救。这让巴雅尔再次感到养父母的亲情和伟大。

獒兄看见自己的亲生父母，急不可耐地跳入河水，洗去了烟灰和悲伤，甩了甩水，就投入了老獒王和獒母的怀抱。但是，獒妹却没有急着走。她低着头，不时瞥一眼英俊潇洒的巴雅尔，几次欲言又止，用泪水表达着谢意。她小声说："我的样子很难看。换个日子，我一定和你一起看夕阳，想看多久就看多久，我说话算话。上一次的事，很抱歉……你知道……我当时……"

远处的火场人声鼎沸，又一辆四轮兽开过来抢救伤员，将他们拉上去，朝镇子的方向疾驰而去。巴雅尔心里惦记着打败第二只四轮兽，对獒妹的表白淡然一笑。仿佛獒妹说的是一件与己无关的事情，不过是春去秋来的无边落木中，一片叶子落地的故事而已。至于救她，那是善良的本能和底线，或许还有那么一点点久远的记忆。

獒妹很失望，一步一回头地过了河。

巴雅尔在河边静静地伫立，望着对岸的养父养母。他真正挂念的是老獒王和獒母，他们给了他真正的生命和爱。半年不到，老獒王和獒母老了许多。他们曾经光滑油亮的鬃毛变得干枯，一缕缕的像团乱草。由于营养不良，他们失去了饱满的肌肉和脂肪，露出了尖尖的肋骨和肩胛骨。如果他们还是一家人，巴雅尔一定会为他们狩猎，让他们安度晚年。但是，巴雅尔已经找到了自我。作为狼，也正在争取王位。所以，他不能过河，甚至不能与他们搭讪。现在，整个额仑狼群都在注视着他。他必须恪守两个族群来自基因中的界限：一个是吃肉的独立的狼，一个是吃垃圾的依附人类的狗。

“原谅我吧，亲爱的獒父獒母。祝你们一生平安。”

巴雅尔在心里祈祷着，忍住泪水，转身离开。

小河对岸的獒母放声大哭。

“孩子，我没有骗你！呜呜……世界上真的有个地方叫天堂……”

巴雅尔再也控制不住了，用久违的汪汪的语言，告诉獒母：“我知道，妈妈……”

十 灵魂的主宰

四轮兽燃烧的大火，额仑草原上滚滚的浓烟，宣告着哈敦家族的小八,一只叫巴雅尔的少年狼，打败了杀害狼群的四轮兽。尽管还有一只四轮兽活着，战斗还没结束，但是天一擦黑，额仑狼群的各个家族都急不可耐地带着老老小小，集中到了哈敦家族的领地。这一天是额仑狼群的盛大节日。一只少年狼不仅战胜了两脚兽，还战胜了两脚兽驯服的四轮兽。巴雅尔像神一样横空出世!

紧接着，狼群开始交流情报，复盘战斗过程。长辈们评点巴雅尔的战术和勇敢，回答狼崽们几十上百个“为什么”……但是，有一个问题狼群长辈无法回答，那就是为什么狼的死敌金雕会帮助巴雅尔。

最高兴的是哈敦二世这位断腿老狼王。他像一夜暴富的财主，搂着财宝傻乎乎地乐，面对各方狼群的恭维，他的脸已经笑僵了。他最看不上的儿子居然成了狼王，悲惨的局面忽然翻转成惊喜，他只能在心里感谢长生天对哈敦家族的眷顾。

最活跃的是老狼福柯，自称代表狼群（其实没有谁选他当代表），不失时机地向哈敦二世夫妇道喜："哈敦家族中兴有望啊，哈哈……额仑狼群冉冉升起一颗新星，勇敢智慧的少年狼王——哈敦三世，是神一般的存在，必将带领额仑狼群走向光明伟大的未来。"

最尴尬的是骨干狼阿图姆，看到坐了几天的狼王位置又要失去，心里五味杂陈。但他心里却在说，不要高兴得太早，还有一只四轮兽。这只四轮兽现在正拉着伤员，在夜色中亮着两道巨大的光剑，向黑暗刺去。哈敦二世就是输在光剑下，巴雅尔比他的父亲还厉害吗？

最冷静的是母狼托娅，但她稍稍有些紧张和焦虑。作为母亲，此刻她站在高处，紧紧地盯着月光下的额仑草原。草原的土路上，拉着伤员的四轮兽射出两道光剑，急速地奔驰。忽然，月亮被一团乌云遮蔽，草原降下了漆黑的帷幕。四轮兽的光剑越发地明亮刺眼，颠簸着，挥舞着，射向远方。

狼群陷入缄默。他们的眼球反射出绿光，以高出人类十几倍的夜视能力，将目光聚焦在四轮兽和周边的草原上。

一只小小的狼的身影，出现在光剑的前方。

巴雅尔此刻站立的草原土路位置，是草原三杰反复勘察、精心设计的夜战地点之一。他的前面，是一马平川的草原土路。他的后面，是一个L形的拐弯，拐弯的前面是一面斜坡，斜坡下面是一个深坑。坑的边缘被野草遮掩，不认真看，一打眼以为是一块平坦的草地。只有放牧的羊倌、马倌和有经验的狼，才知道这是一个天然的陷阱。红狐博士给巴雅尔设计的任务是“诱敌追赶”，让两脚兽“发泄仇恨”，当四轮兽的速度起来之后，巴雅尔闪身躲开，让四轮兽自己冲进深坑。这个计划的要点是战胜恐惧。提前一点或错后一点都有危险。因此，红狐博士一再告诉弟子：“最令人恐惧的恐惧是恐惧本身。四轮兽的枪已经被烧了，能够击败你的只有四轮兽的速度。而能够击败速度的，就是镇静，是战胜自己的恐惧！”

“明白！”巴雅尔像个即将上场的拳击手一样跃跃欲试，而红狐博士和塔塔尔只能在场外观看。因为金雕在晚上通常不会起飞助战，只有猫头鹰有夜战的本领。但猫头鹰是森林的独行侠，从不参与草原的公共事务。

巴雅尔按计划到达L形拐弯处。几十公里外的四轮兽一路颠簸着，摇晃着光剑，渐渐驶上了巴雅尔眼前平坦笔直的土路。四轮兽的光剑远远地射了过来，巴雅尔默念着

“光不可怕，没有伤害”，镇定自若地盯着四轮兽。但是，当四轮兽开到离巴雅尔约有一百米的地方，他擅长夜视的小小的瞳仁与强光正面相遇的时候，白天的阳光训练全然失效了！红狐博士到底是个学者，只有书本知识，没有实战经验。白天的光是漫散射，哪里像夜晚的聚光灯。聚光灯与狼眼的晶状体一接触，光顿时被放大几十上百倍，就像一道从天而降的巨大瀑布，将巴雅尔从头到脚笼罩覆盖。一瞬间，他的眼睛什么也看不见了，眼前和脑海里全是轰然炸开的一片白。

巴雅尔没有恐惧。也许此时的恐惧，可以让他像哈敦二世狼王那样反身跳开，救自己一命。但是，巴雅尔战胜了恐惧，却不能战胜本能——在光柱射来、眼球失焦的刹那间，他闭上了眼睛。闭上眼睛的巴雅尔已然进入麻木的状态，任凭四轮兽朝他开来，没有任何反应。

更加奇怪的是，四轮兽居然也“嘎”的一声停住了。司机浑身发抖，捂上了眼睛。

原来，在农场场长调查火灾和车祸的时候，受伤的司机和枪手，也包括蒜头王一家，为了逃避责任，说他们遇到了一只传说中的白狐狼。白狐狼不大，身体细长，却有狼的胆魄、狐的魅惑。它忽隐忽现，如影随形，枪手开枪瞄不准，司机遇到就翻车。场长大怒，说他们是推脱责任，散布封建迷信，自己好歹是个读书人，不然就被骗了。蒜头王指着天发誓，说这还不是最严重的，只是车翻了烧毁而已，人都安全。最严重的是这种白狐狼是女妖，常幻化成草原上绿眼睛的异族美女勾引男性，尤其是有才气的读书人，让他们不得善终。三十几岁的农场场长愣怔了半天，一再问蒜头王是真的吗，然后命令另一个司机赶紧开车送他们到镇里医院。

现在，这个开车的司机确认自己倒霉，遇上了白狐狼，既不敢前进，也不敢后退。他从指缝看到那只“白狐狼”安静地在灯光里犬坐着，一副“已等你多时”的样子，吓得大喊起来：“白狐狼！见鬼了！”他的喊声将昏睡中的伤员喊醒。他们一看，前方的“白狐狼”原来就是白天害他们翻车的狼崽子，又惊又怕，使劲掐着司机的大腿，叫着：“什么鬼，撞死它！撞死它！快呀……”

于是，司机颤抖着踩下油门，四轮兽呼啸着冲向“白狐狼”。

“白狐狼”居然像幻影一样，伫立在路前方，一动不动。

司机更加恐惧，闭上眼睛，直冲过去。

八十米、五十米、四十米、三十米……距离在缩短。

两个伤员却狂叫起来：“去死吧，狼……”

毫秒之间，麻木混沌中的巴雅尔突然听到路边的黑暗中，传来一声悲痛欲绝的凄厉惊叫。这惊叫声化为另一股电流，掠过巴雅尔的大脑皮层，从深层的记忆中拽出一组场景：他紧闭着眼睛被蒜头王扔上天空的时候，听到了同样一声悲痛欲绝的惊叫。他年幼孟浪的时候，一直想印证这惊叫声是否真的存在，甚至不惜用生命去寻找——如果我离开这个世界，谁会与我悲痛欲绝地告别？现在，这个惊叫声又出现了！是谁？是㚴妹吗？这个问题好像点燃了巴雅尔屁股上的弹射装置，他双腿发力，跳到路边的黑暗中。几乎就在同时，四轮兽从巴雅尔的身边呼啸而过，冲进他身后斜坡下面的深坑里。

四轮兽的光剑瞬间熄灭，深坑里再次传出三个人受伤的呻吟。

月亮重新照亮了大地，但巴雅尔依然什么也看不见。黑暗中，他觉得自己跳进了一个柔软的怀抱里，找到了熟悉的气味和梦寐以求的温暖。他甚至听到了㚴妹丝弦般颤抖的心跳，感受到了她呼出的绵绵气息，在他的耳边和嘴边，吟诉着爱的思念和痛苦。渐渐地，巴雅尔麻木恓惶的心智恢复了正常。虽说眼前还是一片黑暗，但在脑海里却呈现出辽阔美丽的大草原，无数蝴蝶和蜜蜂在芍药花盛开的山谷里自由地翻飞。

一股如泉水般清澈的旋律，在心底流淌。

巴雅尔觉得自己的眼睛渐渐地恢复了视力，有了模糊的影像。他从温暖中站了起来，晃晃脑袋，让自己更加清醒一点，好将压在心底的歌唱出来。当他视力完全恢复的时候，发现獒妹已经远去，只留下一个背影。巴雅尔忍不住吟唱出来：

如果我离开这个世界，
谁与我悲痛欲绝地告别？
只有你，一声惊叫，
用泪水和背影拥抱了我……
让我躲进你的灵魂，
进入你的温暖。
就算我会远离，
就算我会伤痛，
我也会记住你的心跳、你的耳语，
你给我的爱的鼓励……

这一次，巴雅尔虽然没有确认过獒妹的眼神，但是他非常自信，獒妹的心里已经种下了他的歌。因为他看见獒妹弯弯的尾巴欢快地摇摆着，迈着额仑草原上已经许久未见过的轻盈的小碎步，带着宫廷般端庄的仪态，走向月光下的远方。

巴雅尔意犹未尽，但哈敦家族狼群的领地方向传来庆祝胜利的狼嚎。巴雅尔只好呼应一声，快速返回额仑山脉哈敦家族的领地。

深秋的额仑草原，被黎明前的寒气染成一片霜白。

一身纯白的巴雅尔穿梭其中，神不知鬼不觉地回到了哈敦家族的领地。他跳上一块巨石，接受狼群的嚎叫欢呼。哈敦家族的狼崽子们和科勒家族的狼崽子们，拼命地挤到巨石的下面，和他们的朋友“阿兰”打着招呼，傻傻地嬉笑着、打闹着，没大没小地乱叫。巴雅尔也朝他们笑笑。狼崽子们觉得这个新王有点暖心，但是在成年狼群的眼里，此刻的巴雅尔是神一般的存在，谁也不敢上前造次。狼的战斗经验告诉他们，这只潇洒的少年狼如果不是神，怎么能战胜四轮兽和枪手？对待神和腾格里，狼群只有膜拜和恐惧，最好是拉开一点距离。

就在狼群等待着巴雅尔宣布登基仪式，希望他讲些什么的时候，巴雅尔发出一声奇怪的嚎叫，接着一只须发皆白、两眼炯炯有神的红狐从岩石后面跳了出来，站在巴雅尔的身边，吹着自己倔强的胡子。更为惊奇的是，一只巨大的金雕从高空向下俯冲，即将到达时，一个侧旋飞降低了速度，稳稳地收拢翅膀，也站在巴雅尔的身边。吓得狼崽子们纷纷后退，唯恐躲之不及。

狼群愕然，发出惊呼。狼群的天敌居然是“新王”的朋友？动物界传说多年的集“狼之道、狐之智、鹰之谋”

于一身的神狼王出现了？

断腿狼王哈敦二世和母狼托娅默然一笑，儿子小八所言不虚，今天算是个见证。放弃仇恨，增加爱和信任，狼与金雕果然会成为朋友。他们作为新王的父母，兴奋之情溢于言表，身体不由自主地朝儿子巴雅尔的跟前凑去，在草原三杰的下方毫不客气地坐了下来。然后，断腿狼王哈敦二世以司仪的身份，大大咧咧地高喊着新王登基仪式开始。

狼群早就盼着这一刻，连在哈敦家族当了三天摄政王的骨干狼阿图姆也心服口服。苏木家族也没有意见，何况，巴雅尔论起来还是老苏木的外孙。苏木家族喜欢这个新王。

新王登基，就是各家族狼群首领接受新王的臣服仪式。他们将收集来的家族狼群灵魂，通过自己奉献给额仑狼群的狼王。按照谁实力强谁就是老大的原则，哈敦家族自动组成禁卫军，站在巨石的前后左右。苏木家族的老狼王苏木第一个走向前。

“慢着！”

巴雅尔皱起眉头，大喊一声。狼群立刻默然无声。

“额仑草原的新狼王，不是我，而是一个团队：草原三杰。我的爷爷哈敦一世曾经夸我有狼之道、狐之智、鹰之谋，这其实是我们草原三杰共同的荣耀。”

狼群又是一阵喧哗。

金雕塔塔尔忽然扇动巨大的翅膀，瓮声瓮气地吼道："我听到下面有嘀嘀咕咕的声音，说狐狸是聪明伶俐的机会主义者，说金雕是自私高贵的利己主义者。有种的就站出来！"

狼群鸦雀无声。多疑、猜忌和严格的等级是狼性使然。草原三杰的组合超出了他们的认知水平和性格基因。接下来的"新政"，让他们更加疑惑了。

巴雅尔宣布："我不会收取狼群的灵魂！每个灵魂都有自由平等的权利，我只想当我灵魂的主宰！但额仑狼群面对草原沙化，必须有新的战略构想和追求，那就是放弃与两脚兽、四轮兽和履带兽的仇恨，寻找新的梦想家园：穿越哲别山谷，迁徙到动物的天堂——北方草原。额仑狼群必须就此达成共识，并成为额仑草原动物迁徙大军的近卫军团。而草原三杰愿意成为整个狼群的领袖，完成哈敦家族世世代代的梦想，也是我的梦想。"

狼群不知所措，面面相觑。

自由来得太突然。梦想来得更加突然。

狼群还没有通过讨论来达成共识的习惯。就在大家交头接耳的时候，断腿老狼王哈敦二世忽然说道："各位狼群老大，新王还小，毕竟没有经历过狼王更迭的大场面。因此刚才的话，只是他在幼儿时期任性玩闹、统率蚂蚁和小虫子时的呓语。呓语，对，孩子小时候，都会有统率各种动物的表演欲和愿望，哈哈……哈哈……”

趁狼群茫然之际，哈敦二世把草原三杰叫到岩石的后面，急赤白脸地建议：“新王的登基仪式必须接着往下进行。就像两脚兽的人类结婚必须举行仪式一样，这是合法性的昭告和荣誉的加持。如果你不举行，我和你妈这一关就过不去，哈敦家族也不会接受一个狼群的异类，我也没有你这样一个叛逆的儿子。”

巴雅尔为难地将目光投向红狐博士。

红狐博士也是急得乱转，埋怨塔塔尔没有将他的书筐

叨着，害得他在关键时刻无法翻阅《百科辞典》，直到塔塔尔一再地检讨道歉，说今后绝不会犯这类低级的错误。“你赶紧想办法吧。”

红狐博士使劲捋着白胡子，悠悠地说：“群居动物似乎有这类社群宣示的程序，以彰显正当性。”

于是，断腿狼王哈敦二世颠着三条腿，急忙跳到前台，半是威逼半是激动地嚎叫一声，向狼群宣布，新王登基仪式照常进行。

第一个接受臣服的，是苏木家族的老大，巴雅尔的外公。老苏木虽说是巴雅尔的外公，却是一条成年巨狼，身长一米八左右，肩高八十厘米，与哈敦二世差不多的模样。他缓缓地走向巴雅尔，尽量放低身段、松弛神经，拿出一副臣服的样子。但是，面对一只八个月的小狼，苏木依然居高临下。即使他蹲伏在巴雅尔的面前，他的头颅与犬坐的“新王”巴雅尔也差不多在同一水平线上。及至和巴雅尔撞肩、吻颈的时候，老苏木已经完全掂量出巴雅尔的骨密度、肌肉群、胃口和体重。这几项狼王的标准，新王巴雅尔几乎都不达标，与老苏木差了好几个等级。等到他想奉献族群灵魂的时候，他发现新王巴雅尔伸向他额头的前腿，不是摁住加力，恨不得将灵魂和骨髓全都抽走，而是极其温柔地抚摸了一下，就抽了回去。老苏木倏然一惊，他抬起头来，放肆地朝新王巴雅尔的眼睛望去，发现那是一双让你感觉整个世界都像额仑湖水一样清澈的眼睛，透明到一眼望到底，但又深邃而永恒。这是用爱和信任打了底色的眼神……老苏木的心头一热，仿佛沉睡在心底的一股历经千年的温暖，忽然间被打开封印涌了出来。他老泪纵横，激动地向狼群宣布：“虽然新王的新举措，我到现在还像是吃了一块臭奶酪，不知道香臭好坏，但是，苏木家族的狼群从今往后跟定新王巴雅尔了。我信任他！”

各狼群家族依次表了态。但是，每个家族的狼群首领都有一个共同的感觉，那就是新王巴雅尔在体质上，不过是一只未成年的少年狼而已。他们本来有很多的疑虑，要讨论，要说法，但一想到自己的灵魂自己能够掌握，狼群遇到了千年未见的宽容的王，一切也就一笑而过。狼自私的个性像一种霉菌，遇到宽松和温润的环境，下意识地开始滋长。

轮到最小的家族科勒狼群的时候，科勒夫妇一起走向新王巴雅尔。他们满面羞愧，说话扭扭捏捏，以至于狼崽子们都在台底下起哄，嘲笑他们的父母木讷，不如他们与“阿兰哥哥”关系热络放松。

登基仪式结束后，新王巴雅尔要求各狼群回去整装待发。额仑狼群将带领狐狸、金雕等食肉动物，务必在暴风雪封堵哲别山谷之前赶到谷口，不然就要等到下一年了。

狼群首领们诺诺领命，表示没有问题，一切等新王巴雅尔的出发通知。

十月的额仑草原，下了第一场小雪。草尖和树梢发出咝咝的风哨声。

一切都预示着额仑草原就要进入冬季。随后气温将急剧下降，暴风雪会如期而来。草原三杰决定现在就出发，开始额仑草原最大规模的迁徙征途，向着他们的梦想家园——北方草原开进。哈敦家族的狼群在巴雅尔的带领下，向各狼群家族发出狼嚎，告诉他们在去往哲别山谷的路上边走边集合。各狼群家族也回应了他们的通知，说是知道了。金雕负责通知其他动物，毕竟不是每个种群都能听得懂狼的语言。

从哈敦家族狼群的领地南部山脉，到北部山脉哲别山谷的谷口，路程有五百多公里。以狼的速度和耐力，一天最少可以跑二百多公里。但是因为要拖家带口，照顾老弱病残，护卫狐狸家族，他们计划五天到达哲别山谷的谷口。走到第三天的时候，巴雅尔发现只有科勒家族的狼群跟了上来，其他家族的狼群不知何故没有跟上来。

巴雅尔命令塔塔尔去侦察，也派出骨干狼到各个狼群询问情况。

很快，各个狼群纷纷传来信息。

苏木家族发生了政变，老狼王被儿子推翻。他的儿子们说，额仑草原是狼群和两脚兽人类共同的家园，他们不能放弃，更不能放弃仇恨。不仅如此，当哈敦家族出发后不久，苏木家族的狼群就占领了他们的领地。这使得苏木家族的生存空间大大增加，几个儿子可以分户单过，养儿育女。

另一支狼群传来口信，说哲别山谷山高林密，极其险峻。传说那里的狼每只都像哈敦二世一样，身长两米，体重八十公斤，像牛犊子一般。一只狼就能和一匹儿马子战斗。那里的金雕翼展有两米四五，抓一只成年狼就像草原雕抓一只鸡。还有力大无穷的棕熊和老虎……由于这些巨型食肉动物的合力阻挡，北方草原才成为动物的天堂。他们担心进了哲别山谷，等不到去北方草原，就会成为这些大型动物的餐后甜点。

草原三杰懵了。巴雅尔不知所措，目瞪口呆地看着红狐博士和塔塔尔。

金雕塔塔尔说：“谎言已经在草原上绕了三圈了，快想办法啊，王。”

红狐博士呵斥塔塔尔，说：“真理已经在路上了，正想着穿什么鞋呢，请给巴雅尔一点时间。”

忽然，行进的队伍停止了。断腿老狼王哈敦二世虎着脸，赖在地上不走了，说要跟新王商议商议。

福柯等一干老狼也随声附和，说："是呀是呀，新王的新举措一出手，就造成这样一个局面，是要开个会商议商议。"其实，大家的心里多多少少觉得哈敦二世等老狼的托词有些道理。更重要的是，狼中的老弱病残觉得眼下的生活虽然苦点儿，但可以克服，家还是旧的好。忍饥挨饿的长途跋涉，对老狼来说太艰难了。

巴雅尔说："好吧，你们有什么建议？"

"杀回去！收取他们的灵魂！我早就知道会是这样一个局面。"哈敦二世晃着那根断腿说。

母狼托娅也小心翼翼地劝着巴雅尔："狼谚说，世道险恶，狼心善变。不集中他们的灵魂，狼群就没有统一的意志，个个精于算计，患得患失。你有再好的愿景和梦想，也实现不了啊，孩子……"

哈敦家族的骨干狼阿图姆和科勒夫妇也纷纷请战，他们早就想在巴雅尔的带领下干一仗了。想到额仑狼群各个家族的背叛，他们恨得咬牙切齿。同时，大家心里想，灭掉苏木家族的狼群，总比远征哲别山谷容易。他们对哲别山谷的巨狼、金雕以及老虎、棕熊心怀忌惮，恐惧得厉害。

"不！"

巴雅尔的眼睛里，第一次出现了深深的忧郁和失望。

红狐博士其实早就建议他与狼群进行一次深入的沟

通，跟狼群把道理讲清楚。但是，他一直开不了口。他比红狐博士更了解狼，狼群讲层级，不讲道理。不到大难临头，不看到眼前的现实，甚至不吃大亏，是不会放弃本能相信真理的。但是，今天不同了，时机和地点都很合适，必须要和狼群做一次精神上的了断。于是，新王巴雅尔发表了第一次演讲。

红狐博士负责现场记录，金雕塔塔尔则飞向四方传达。演讲全文如下：

母亲、各位长辈宗亲，我要求你们发自己的光，但不要去吹灭别人的灯。每个灵魂都有选择的权利。不要把不同选择的人当成陌路的敌人。尤其是放下自己的初衷和梦想，去杀伐有异见的同胞、胁迫踟蹰不前的弱者，世上没有比这更傻的事了。

我们的责任是走自己的路，坚守自己的初心，无论发生什么都不要动摇。任何的动摇和随波逐流都是懦弱的回归，都是内心的恐惧。都是因为怕，而不是爱，控制了你的意识和行为。

因此，我希望你们为了爱坚守梦想。有梦想的灵魂才会在芸芸众生中发光，才会赢得更多的信任和爱。灵魂的基因才有更多的机会被复制，才会被更多更高级的生命载体一代一代地传下去。这是自然的法则，是生物的本能，是由爱驱使的伟大进化。因着爱，我们心胸宽容，所有的行为将公开而透明；因着爱，我们无私无畏，所有的荣誉将刻上家族的丰碑！

至于报仇雪恨，请交给长生天吧。无所不能的长生天，从来没有宽恕过破坏自然法则的人。把仇恨交给长生天，把机遇交给自己，争分夺秒踏出梦想的第一步，是对仇恨最好的回答。用自己的鲜血为他人的邪恶付账单，世上没有比这更傻的事了。

至于惩罚失信的狼群，就交给时间吧。时间会证明真理。用不了多久，额仑狼群就会跟上来的，因为两脚兽和四轮兽、履带兽会源源不断地涌进额仑草原。他们不走，就会被杀死、饿死。用他人的愚昧来证明自己的智慧，世上也没有比这更傻的事了。

至于前路艰险，死亡的阴影已经在哲别山谷布下了重重陷阱，我们的先辈早已知晓，并用恐怖的咒语束缚后辈们追逐梦想的脚步。他们寄希望于天降神灵，或者让救世主赐予对手疾病、死亡和饥饿，但是，草原的灾难将至，暗黑的时刻已到，救世主的办公室却进入漫长的假日。

我们没有时间犹豫、彷徨和等待！

我们只有用爱和信任为自己赋能！草原三杰的狼之道、狐之智、鹰之谋，就是草原上智慧与勇敢的组合。

我们将率领各位杀出一条血路，穿过哲别山谷，寻找北方草原的蓝水河。那里水草肥美，森林和草场广袤无垠，食物充足到允许我们挑挑拣拣，每个家庭都能开枝散叶，硕果累累，每只狼都能遇到梦中的情人。为了这样的梦想家园去奋力拼搏，死亡和恐惧将远离我们！

为爱而战的生命，是美丽的！

巴雅尔的演说，点燃了哈敦家族和科勒家族狼崽子的热血。他们嗷嗷直叫，双目发光，四条腿像风轮一样，围着老狼们转个不停，还不断地吐着口水，似乎已经刻不容缓。因此，狼崽子们对哈敦二世和老狼们十分不满。他们甚至觉得是以哈敦二世为代表的旧势力，阻碍了他们这些少年狼崽对美好生活的追求。尽管他们对巴雅尔的演讲似懂非懂，但是找到水草肥美的新家园，每只狼都可以成家，都可以谈情说爱，他们是懂的。仅此一条，他们就爱死了新王巴雅尔。不然，狼崽子长大之后，都要帮助狼王和狼后打天下、看孩子、当保姆，帮助爸爸妈妈养育一窝又一窝臭烘烘的弟弟妹妹。他们自己却要咬紧牙关，几乎用自残的方法，将爱的欲望生生地憋回去。一想到这些，狼崽子们恨不能将老狼们扔下，自己跟着新王巴雅尔勇闯天下。

断腿老狼王和老狼们，只好悻悻地站起来，抖抖身上的毛，跟在欢天喜地的狼崽子们后面郁闷地前行。一路上，狼群默默无语。他们除了咀嚼干粮，就是咀嚼巴雅尔吐出的一连串新名词。等他们快要到达哲别山谷的时候，额仑草原降下了今年第一场铺天盖地的暴风雪。大雪过后，白茫茫的草原上不时响起凌乱的枪声，那是人类在一望无际的雪野上追杀动物，尤其是狼。

狼群倏然一惊，纷纷将钦佩的目光投向他们的新狼王巴雅尔，庆幸听了他的话。

尾声　哲别山谷

又过了几天，有两个狼群家族的残兵败将追了上来。

巴雅尔忙问：“苏木家族的狼群怎么样了？”

狼说：“苏木家族依然在新的领地，新狼王正在谋划报复两脚兽。”

巴雅尔问：“老狼王苏木呢？”

狼说：“老苏木已经不理政事了。据说，他一头钻进了哈敦家族的岩画狼洞，伫立在岩画前，久久地一动不动。”

哈敦二世和母狼托娅的心咯噔一下，蓦然想起父亲哈敦一世。额仑草原的另一个狼群家族，正在重复着哈敦家族的命运。他们忐忑不安地偷觑着儿子，发现巴雅尔似乎对这些家族斗争根本没有兴趣。他已经跑到前方哲别山谷的谷口，与草原三杰的其他成员处理紧急军务。到达谷口的前锋队伍已停止不前。侦察狼惶恐不安地报告说，在谷口茂密粗壮的针叶林里，他们闻到了巨狼浓重的尿骚味，发现了熊蹭大树留下的毛，距离地面三米多高。

巴雅尔急忙朝哲别山谷的谷口望去，发现山谷中的密林里鬼影憧憧……

图书在版编目（CIP）数据

少年狼. 2，哈敦狼群 / 安波舜著. -- 北京 : 北京十月文艺出版社，2021.6
ISBN 978-7-5302-2104-4

Ⅰ. ①少… Ⅱ. ①安… Ⅲ. ①长篇小说－中国－当代 Ⅳ. ①I247.5

中国版本图书馆 CIP 数据核字（2020）第 224895 号

少年狼　2　哈敦狼群
SHAONIANLANG　2　HADUN LANGQUN
安波舜 著

出　　版　北 京 出 版 集 团
　　　　　北京十月文艺出版社
地　　址　北京北三环中路 6 号
邮　　编　100120
网　　址　www.bph.com.cn
发　　行　新经典发行有限公司
　　　　　电话 (010)68423599
经　　销　新华书店
印　　刷　河北鹏润印刷有限公司
版　　次　2021 年 6 月第 1 版
印　　次　2023 年 4 月第 5 次印刷
开　　本　850 毫米 ×1168 毫米　1/32
印　　张　6
字　　数　106 千字
书　　号　ISBN 978-7-5302-2104-4
定　　价　39.00 元
质量监督电话　010-58572393
如有印装质量问题，由本社负责调换